Ilkka Remes
Geheimbund Unit 6

Illka Remes ist der meistgelesene Autor in Finnland. Sein Name ist Garant für hochkarätige Spannungsliteratur von internationalem Format. Seine Bücher stehen regelmäßig sofort nach Erscheinen an der Spitze der Bestsellerlisten. »Geheimbund Unit 6« ist sein sechster Thriller für junge Leser bei dtv junior.
Weitere Informationen unter www.ilkka-remes.de

Stefan Moster, geboren 1964 in Mainz, lebt in Espoo, Finnland. Er hat zahlreiche Werke der finnischen Literatur ins Deutsche übersetzt und wurde 2001 mit dem Finnischen Staatspreis für Übersetzungen ausgezeichnet.

ILKKA
REMES

Geheimbund Unit 6

Thriller

Aus dem Finnischen
von Stefan Moster

Deutscher Taschenbuch Verlag

Von Ilkka Remes sind bei dtv junior außerdem lieferbar:
Operation Ocean Emerald
Schwarze Kobra
Heiße Ware über dem Eismeer
Der dunkle Code
Mission Spyflight

... und bei dtv:
Ewige Nacht
Das Hiroshima-Tor
Hochzeitsflug
Höllensturz
Das Erbe des Bösen
Blutglocke
Die Geiseln
Tödlicher Sog

Das gesamte lieferbare Programm von dtv junior
und viele andere Informationen finden sich unter
www.dtvjunior.de

MIX
Papier aus verantwortungsvollen Quellen
FSC® C019821

Deutsche Erstausgabe
2013 Deutscher Taschenbuch Verlag GmbH & Co. KG, München

Titel der finnischen Originalausgabe: ›Operaatio Solaris‹
2009 erschienen bei Werner Söderström Corporation
Helsinki, Finnland

Umschlagkonzept: Balk & Brumshagen
Umschlaggestaltung: Julia Jonas unter Verwendung von Fotos
von gettyimages und Corbis
Gesetzt aus der Aldus 11/14˙
Gesamtherstellung: Druckerei C. H. Beck, Nördlingen
Gedruckt auf säurefreiem, chlorfrei gebleichtem Papier
Printed in Germany · ISBN 978-3-423-71517-1

ERSTER TEIL

1

Der Einbruch musste in dieser Nacht stattfinden, auch wenn die Umstände problematisch waren, denn die Zeit wurde allmählich knapp.

Der Mann trug einen Overall, eine schwarze Wollmütze und einen Rucksack. Unter seinen Trekkingstiefeln knirschte der Schnee. In der sternklaren Nacht herrschte eine Kälte von minus zwanzig Grad, weshalb sich der Atem des Mannes zu sichtbarem Wasserdampf verdichtete.

Das moderne, neue Gebäude, dem er sich näherte, war der Mittelpunkt einer Hotel- und Ferienanlage und erinnerte an eine überdimensionierte Alpenhütte. In den hohen Fenstern sah man den matten Schein der Nachtbeleuchtung. Auf der anderen Straßenseite ragte ein weiteres Hotelgebäude auf, vor dem Touristenbusse standen. Im Hintergrund sah man die Bergkulisse mit den beleuchteten Skipisten auf den Hängen des nahe gelegenen Fjälls.

Der Mann öffnete die Tür und betrat das Foyer des Fremdenverkehrszentrums, wo Plakate für Fluggesellschaften, Ferienwohnungen und Spas Werbung machten. Es gab einen Info-Schalter und einige Shops, aber die waren bereits geschlossen, nur aus dem Restaurant, das auf Rentiergerichte spezialisiert war, drangen Stimmen und das Klappern von Geschirr. In beleuchteten Vitrinen wurden Vielzweckwerkzeuge, GPS-Geräte für Wanderer und Jäger und teurer Schmuck in edlem, nordischen Design ausgestellt.

Der Mann ging daran vorbei zu einer Glastür mit der Aufschrift *Lapin museo, Museum of Lappland, Lappland Museum.* Dort blieb er stehen und blickte sich um. Er nahm einen Gegenstand in die Hand, der an ein kleines elektronisches Messgerät erinnerte, und richtete ihn auf die Tür. Dann fuhr er damit die Ränder entlang, schob das Gerät wieder in die Tasche und knackte mit einem anderen Werkzeug das Schloss. Die Bewegungen seiner Finger in den schwarzen Lederhandschuhen waren sicher und routiniert, es dauerte nicht lange, bis die Tür aufschnappte. Der Mann schlüpfte in den angrenzenden Raum und zog die Tür leise hinter sich zu.

Mitten in dem großen Ausstellungsraum stand ein Lappenzelt, eine sogenannte Kote. Trotz der schwachen Nachtbeleuchtung konnte man es gut erkennen. Über der Glut eines künstlichen Lagerfeuers hing ein schwarzer Kaffeekessel und darum herum lagen Rentierfelle auf dem frisch gebohnerten Fußboden. Große Schwarz-Weiß-Fotos an den Wänden zeigten bärtige Goldwäscher und etwas steif posierende Samen irgendwann zu Beginn des 20. Jahrhunderts. Nur an der hinteren Wand hingen Fotos von angesagten Urlaubsorten im heutigen Lappland. Passenderweise stand davor ein neuer, glänzender Motorschlitten auf einem Podest.

Zwar starrte von der Decke das schwarze Objektiv einer Kamera herab, aber der Mann dachte nicht im Geringsten daran, sich für die Filmaufnahmen in Pose zu stellen, und schaute sich weiter im Museum um.

Neben eine Bärenfalle hatte man eine große Zaubertrommel auf den Fußboden gelegt, durch deren Bespannung gelbes Licht schien. Dadurch konnte man gut die primitiven Darstellungen von Vögeln und anderen Tieren, die das Trommelfell zierten, erkennen. Auf dem Foto, das über der Trommel hing, war eine schroffe Felsformation mit Geröll abgebildet. Das Foto daneben zeigte eine alte runzlige Frau, die ein Bärenfell sowie eine Halskette aus Bärenklauen trug und zornig in die Kamera schaute.

Der Mann blieb vor einer Vitrine stehen. Er holte tief Luft und richtete den Blick auf einen alten, abgegriffenen, zum Teil schwarz gewordenen Stab, in den Sternbilder, Polarlichter und Muster mit Tiermotiven eingeritzt waren. In der Mitte des Stabs war etwas Ovales, seifenglatt und schwarz, eingefasst, von dem man nicht auf Anhieb sagen konnte, ob es sich um einen Stein oder um ein Stück Metall handelte.

Der Mann setzte den Rucksack ab und entnahm ihm einen länglichen Gegenstand, den er neben sich auf den Boden legte. Er hatte vor, das Schloss der Vitrine zu knacken. Dabei würde allerdings die Alarmanlage losgehen, weshalb er alles gut vorbereiten musste.

Das Schloss ging mühelos auf.

Im selben Moment setzte ein scharfes Heulsignal ein, das in Mark und Bein drang. Schnell und zielstrebig öffnete der Mann die Vitrine, nahm den Stab heraus und verstaute ihn in seinem Rucksack. Dabei blitzte zwischen Handschuh und Ärmel eine Tätowierung auf. Er packte den länglichen Gegenstand, den er aus seinem Rucksack geholt hatte, und legte ihn anstelle des entwendeten Stabs in die Vitrine.

Dann schloss er die Glastür, warf sich den Rucksack über die Schulter und eilte zur Tür.

Sie ging nicht auf.

Er drehte am Griff und warf sich gegen das Holz, aber die Tür blieb verschlossen.

Daraufhin nahm der Mann ganz ruhig einen kleinen Gegenstand aus der Tasche, hielt ihn ans Schloss und drückte einen Knopf.

Schnurrend sprang der elektronische Schließmechanismus auf, und der Mann eilte im Laufschritt ins Foyer, wo nach wie vor das ohrenbetäubende Alarmsignal heulte.

Auf der anderen Seite des Foyers kam gerade ein Kellner aus dem Restaurant gerannt.

Der Mann hastete zum Ausgang, stieß die Tür auf und lief davon, dem tief verschneiten Wald entgegen.

Als er über die Schulter blickte, sah er, dass der Kellner vor der Tür stand und ihn direkt anschaute.

2

Sanft setzten die Räder des Flugzeugs auf der weißen Landebahn auf. Wie eine Pulverwolke stob der Schnee auf, als die Boeing, die einer britischen Charterfluggesellschaft gehörte, die Luftbremsen aktivierte. Jenseits des Waldes zeichnete sich die großartige Bergkulisse der Fjälls ab.

Die Maschine verließ die Landebahn und hielt kurz darauf vor dem hell erleuchteten Flughafengebäude. Über dessen Eingang stand in vier Sprachen: *Willkommen im Weihnachtsland!*

Aaro Nortamo sah sich die englischen Touristen, die aus der Maschine kamen, genau an. Einige von ihnen trugen bunte Daunenjacken, andere kamen im Pelz. Seit Aaros letztem Besuch bei seiner Tante Taina in Turbridge Wells war eine ganze Weile vergangen. Diesmal war er von seinen Eltern aber nicht nach England, sondern in den hohen Norden geschickt worden, um sich an der frischen Luft sportlich zu betätigen, während Taina, ihr Mann Alan und ihr nerviger Sohn Julius – Aaros Cousin – die Wunder Lapplands bestaunten.

Aaro suchte die Menge der hereinströmenden, rotgesichtigen Briten ab. Plötzlich legten sich ihm von hinten kräftige Finger um den Hals und eine Stimme sagte heiser: »*You are under arrest.*«

Julius hatte sich unbemerkt angeschlichen. Aaro versetzte ihm mit dem Ellbogen einen Stoß in die Rippen und drehte sich um. Da kam auch schon Tante Taina angestürmt, um ihn an sich zu drücken. Hinter ihr stand Alan mit einer Pelzmütze so groß wie ein PC und lächelte aus seinem Bart heraus. Julius war seit dem letzten Mal gewachsen, aber sein hochnäsiger Gesichtsausdruck war immer noch derselbe. Mit seinen rötlichen Haaren erinnerte er lebhaft an Harry, den Partyprinzen aus dem englischen Königshaus.

»Wie schön, dich zu sehen, Aaro!«, sagte Taina. »Du verbringst doch die ganze Woche hier mit uns in Lappland?«

»So habe ich es versprochen«, sagte Aaro, der es bereits bereute, seinen Eltern nachgegeben zu haben. Die klebten nach wie vor an der fixen Idee von der segensreichen Wirkung frischer Luft. Als Aaro ihnen einmal aus einem wissenschaftlichen Artikel über die zerstörerische Wirkung von freien Sauerstoffradikalen auf menschliche Zellen vorlas, wollten sie es einfach nicht hören. Zu allem Überfluss hatte er noch nie einen besonderen Hang zum Wintersport verspürt, auch wenn sich mittlerweile sogar sein Freund Niko fürs Snowboarden begeisterte.

Julius zog einen Mundwinkel nach unten und überlegte sich eindeutig, womit er Aaro als Nächstes ärgern könnte. Als sie das Terminalgebäude verließen, stellte er fest: »Das hier ist ja absolut unbewohnbares Gebiet. Wie kann jemand in dieser Kälte leben? Ich glaube, bei dem Klima gefriert einem das Gehirn ...«

»Dafür muss man hier in Lappland nicht drinnen frieren, so wie bei euch in England«, erwiderte Aaro. »In euren Häusern zieht es dermaßen, dass man den ganzen Winter über am Schlottern ist. Hier kannst du in T-Shirt und Shorts in der Wohnung herumlaufen, obwohl draußen dreißig Grad unter null sind.«

Das Wiedersehen mit der Verwandtschaft fing wieder einmal reizend an, ärgerte sich Aaro. Keine fünf Minuten waren vergangen, und er hatte sich bereits provozieren lassen.

Julius hielt zwar einen Moment lang den Mund, sperrte ihn aber gleich wieder auf, als er vor einem Reisebüro ein Rentiergespann mit Schlitten und Fahrer in samischer Tracht sah. Zum Glück hatte er keine Zeit mehr für weitere Kommentare, denn im selben Moment kam der Kleinbus vom Skizentrum angefahren und hielt unmittelbar vor ihnen an. Ein Dutzend Touristen zwängte sich hinein, darunter Aaro und seine Tante mit Anhang. Die meisten britischen Besucher wurden direkt zur Polarkreis-Hütte gebracht und kehrten nach einer schnellen Lappland-Taufe, bei der allen Rentierhörner auf die Stirn gemalt wurden, und einer Nacht im Blockhaus-Hotel am nächsten Tag schon wieder in die Heimat zurück. Taina und Alan wollten jedoch länger Urlaub machen. Sie hatten sogar vor, sich Langlaufskier zu leihen, denn bei jedem Besuch in Finnland verwandelten sie sich in begeisterte Skiläufer.

»Die Luft ist so klar hier und die Landschaft wie aus Kristall«, sagte Taina entzückt, als der Bus startete. »Das wird ein toller Urlaub!«

Julius kramte seinen iPod heraus und stopfte sich die Stöpsel in die Ohren. »Ich bin nach wie vor für Zypern. Dort hätte man wenigstens tauchen und Gleitschirm fliegen können. Hier steckt man bloß bis zum Hals im Schnee.«

»Das passiert einem halt, wenn man nicht Skilaufen kann.« Aaro klang wie der größte Wintersportexperte und bereute es sofort. Er sollte lieber versuchen, sich nicht von der dämlichen Stichelei seines Cousins anstecken zu lassen.

3

Am Gürtel des Mannes von der Sicherheitsfirma klimperten Taschenlampe, Schlüsselbund und Pfefferspray. Er stand in voller Ausrüstung vor der Vitrine und wunderte sich.

»Und es fehlt nichts? Das ist aber seltsam.«

Jenni Saurimo, die junge Leiterin des Museums, schüttelte den Kopf und warf einen Blick auf den Polizisten, der gerade hereinkam.

»Vielleicht hat die Alarmanlage den Dieb in die Flucht geschlagen«, vermutete sie. Der Polizist nickte, sagte aber nichts. Stattdessen ging er zur Tür und sah sich das Schloss genau an.

»Auf jeden Fall war ein Profi am Werk«, stellte er fest. »Einer, der sich mit diesen Schlössern ausgekannt haben muss, man sieht absolut keine Schramme.«

»Ich möchte bloß wissen, warum jemand ausgerechnet hier einbricht«, wunderte sich der Mann von der Sicherheitsfirma. »Hier gibt es doch nichts Wertvolles.«

Jenni Saurimo sah ihn an und rümpfte die Nase. »Nichts Wertvolles? Viele der alten samischen Gegenstände hier sind Unikate. Das heißt, dass es sie nirgendwo ein zweites Mal gibt. Wie zum Beispiel dieser Schamanenstab aus Holz, dessen Bedeutung man noch immer nicht genau erklären kann.«

Sie deutete auf einen Holzstab, in den ein ovaler schwarzer Stein eingelassen war. »In letzter Zeit haben sich gleich mehrere Institutionen dafür interessiert, sogar im Ausland. Zum Glück wusste der Einbrecher offenbar nichts vom Wert des Stabs.«

»Wir sehen uns morgen die Aufnahmen der Überwachungskamera an, da wird sich einiges klären«, sagte der Polizist.

Plötzlich klopfte es energisch, und der Mitarbeiter der Sicherheitsfirma fuhr herum. An der Tür stand ein etwa sechzig Jahre alter Mann mit einer altmodischen Brille, deren rechte Linse aus undurchsichtigem Milchglas bestand.

»Was wollen Sie?«, fragte der Wachmann in schlechtem Englisch, denn die Kleidung des Mannes – dunkelgrüner Lodenmantel, Reiterhose und Stiefel mit hohem Schaft – verriet, dass er auf keinen Fall aus Finnland stammte.

»Ich habe gemerkt, dass hier etwas Außergewöhnliches vorgefallen ist«, sagte der Mann außer Atem. Er sprach Englisch mit deutschem Akzent. »Ist die Museumsleiterin hier?«, wollte er wissen und versuchte, sich an dem Mitarbeiter der Sicherheitsfirma vorbei in den Ausstellungsraum zu schieben.

Der Wachmann versperrte ihm jedoch mit seinen breiten Schultern den Weg und hielt ihn fest. »Moment! Das ist eine polizeiliche Maßnahme, bei der keine Unbefugten zugelassen sind.«

Der Mann riss sich beleidigt los. »Ich verlange, umgehend mit der Museumsleiterin sprechen zu dürfen. Richten Sie ihr einen schönen Gruß von Doktor Meyer aus!«

Misstrauisch musterte der Wachmann den Deutschen, in dessen einzigem Auge ein entschlossener und aufgeregter Blick funkelte. Er schloss die Tür vor dem Eindringling und ging zu Frau Saurimo, die inzwischen systematisch alle Exponate registrierte.

»Vor der Tür steht ein Mann, der behauptet, etwas mit Ihnen besprechen zu müssen. Ich glaube, er heißt Meyer.«

»Doktor Meyer?«, fuhr die Museumsleiterin hoch und eilte hinter dem Wachmann zum Ausgang.

»Sie müssen sich keine Sorgen machen, der Stab ist noch da«, sagte sie, sobald sie die Tür aufgemacht und den Deutschen vor sich hatte. »Unsere Abmachung von gestern gilt nach wie vor. Sie können sich den Gegenstand am Montag nach dem Ende der Öffnungszeit ausleihen.«

Meyer lächelte erleichtert. »Ich hatte schon befürchtet, es wäre ihm etwas zugestoßen. Sie verstehen doch, dass der Gegenstand unbedingt nach eingehenderen Untersuchungen verlangt.«

»Und ob ich das verstehe«, sagte Jenni Saurimo. Unterschätzte Doktor Meyer etwa ihre Kompetenz?

4

Der Shuttlebus von *Lapland Tours,* der neue Gäste am Flughafen abgeholt hatte, fuhr am Fremdenverkehrszentrum vor. In den großen Fenstern des mit dunklem Holz verkleideten Hauptgebäudes spiegelten sich die Sterne. Zugleich konnte man drinnen die Halogenspots leuchten sehen. Taina und Alan holten den Schlüssel für ihr Ferienhäuschen ab, während Aaro und Julius sich an der Information Broschüren über Hundeschlittenfahrten, Angeltouren und Motorschlittensafaris besorgten.

Aaro fiel sofort auf, dass in dem Gebäude vor Kurzem etwas vorgefallen sein musste, denn ein Polizist in Uniform befragte die Frau am Informationsschalter, und der Mitarbeiter einer Sicherheitsfirma untersuchte das elektronische Schloss an der Tür zum Museum.

»Vielleicht doch nicht so übel hier«, meinte Julius beim Blick auf die Touristen in ihren stylischen Aprés-Ski-Outfits. Allein am Schmuck der Frauen erkannte man, dass hier niemand Billigurlaub machte.

»Halt ein typisches lappisches Skizentrum«, sagte Aaro mit gespielter Bescheidenheit. »Hier haben unter anderem schon der schwedische König, Bono und Madonna übernachtet.«

Julius' Augen weiteten sich unter dem rötlichen Haarschopf. »Warum?«

»Sind wohl Ski gefahren oder so. Madonna war, glaub ich, auch boarden.«

Aus dem Restaurant auf der anderen Seite des Foyers kam ein weiterer Polizist. Was ist hier bloß passiert?, fragte sich Aaro. Normalerweise riefen Hotels und Restaurantbetriebe nicht so leicht die Polizei, weil das auf die Kundschaft keinen guten Eindruck machte.

Bevor er weiter darüber nachdenken konnte, kam von Taina und Alan das Kommando zum Aufbruch. Zusammen gingen sie zu dem gemieteten Geländewagen, mit dem sie zum Ferienhäuschen fahren wollten. Taina erklärte, wie wichtig es ihr sei, in dieser Woche so naturnah wie möglich zu leben. Sie war sich mit Alan einig, dass ihnen das am besten in einem Ferienhäuschen gelänge, das zwei Kilometer vom schicken Skizentrum entfernt lag – weit genug, aber nicht zu weit. Wenn es einen in die Zivilisation zog, war man relativ schnell im nächsten Lokal.

Die kurze Fahrt durch den dunklen Wald machte tiefen Eindruck auf Julius, weil Aaro ihm erzählte, wie viele Wölfe es in der Gegend gab. Die Faszination ließ jedoch schlagartig nach, als sie das leicht schiefe Häuschen am Hang stehen sahen. Die Hütte hatte zwar Strom, doch Aaro fragte sich, wozu, denn es gab darin nicht mal einen Fernseher, geschweige denn einen DVD-Player oder eine Spülmaschine. Immerhin stand ein altmodischer Elektroherd in der Kochnische hinter dem massiven Holztisch.

Durch die Fensterritzen zog es und die Hütte hatte nur zwei Schlafzimmer. Das hieß, dass sich Julius und Aaro eines teilen mussten.

»Ziemlich primitiv hier«, seufzte Julius. »Aber ein Engländer kommt überall zurecht, das hat die Weltgeschichte oft genug bewiesen.«

»Andere Länder, andere Sitten«, sagte Alan, dem man ansah, dass er seine Irritation nur mühsam verbergen konnte.

»Wir wollten eine ganz normale Hütte mieten. Und jetzt haben wir eine«, sagte Taina fröhlich und stellte die unterwegs eingekauften Konservendosen mit Erbsensuppe und Fleisch in den Küchenschrank.

Aaro versuchte, seine Enttäuschung und die Demütigung zu schlucken. Hatte seine Mutter tatsächlich nichts Besseres gefunden? Am allerschlimmsten war, dass es in dem Häuschen keine WLAN-Verbindung gab, auch wenn er das schon geahnt hatte. Der Besitzer hatte das Wort garantiert noch nie gehört, und wenn doch, hatte er vermutlich gedacht, ein WLAN-Netz sei eine Art neumodisches Fischernetz. Aaro würde sich mit der lahmen Breitbandverbindung seines Handys begnügen müssen.

Als Erstes schickte ihn Taina jedoch zum Holzholen in den Schuppen, und Aaro konnte nicht anders, als auf dem Weg dorthin stehen zu bleiben und den klaren Sternenhimmel zu bewundern. Er kannte die Sternbilder, weil seine Mutter sie ihm schon beigebracht hatte, bevor er überhaupt lesen konnte.

Robert Koch schloss die Hecktür des Lieferwagens von innen und zog Latexhandschuhe an. Dann nahm der breitschultrige blonde Mann den Holzstab mit dem eingelassenen ovalen, schwarzen Stein aus dem Rucksack. Das matte Deckenlicht im Laderaum funkelte auf dem dunklen Mineral.

Es herrschte angespannte Stimmung. Koch griff nach einem fünfzig Zentimeter langen Stück Blisterfolie und wickelte den Stab vorsichtig, aber zügig damit ein. Ein leichtes Zittern der Hände konnte er nicht vermeiden, denn es hing viel davon ab, dass er den Stab heil ans Ziel brachte.

Er verschloss die Rolle fest mit braunem Tape, dann übergab er sie seinem neben ihm kauernden Kollegen Bob Rose, der mit wesentlich gröberen Bewegungen einen schwarzen, bis zur Hälfte mit Papier- und Küchenabfällen gefüllten Müllsack aus der Ecke zerrte und den Stab hineinschob. Am Bund seines Ärmels blitzten die Dornen einer tätowierten Rose auf.

»Vorsichtig!«, fuhr Koch ihn in stark amerikanisch gefärbtem Englisch an.

Bob Rose erinnerte ihn mit einem Blick daran, wer den Stab aus dem Museum geholt hatte. Langsam machte er die Hecktür auf, vergewisserte sich, dass im Mondschein niemand im verschneiten Gelände zu sehen war, und stieg mit dem Müllsack aus.

5

Der Mann traute seinen Augen nicht. Unter dem Gewirr aus Urwaldbäumen, Lianen und Farnen war ein Apparat von der Größe eines Autos zum Vorschein gekommen, an dem Soldaten nun orangefarbene Hebegurte befestigten. Das Areal wurde von akkubetriebenen Scheinwerfern beleuchtet, die für unwirkliche Helligkeit in der pechschwarzen Urwaldnacht sorgten.

»Was ist hier los?«, fragte der Mann. »Was ist das?«

»Das Gelände ist abgesperrt, haben Sie nicht die Bänder gesehen?«, fuhr ihn einer der amerikanischen Soldaten an. Über dem Dschungel hörte man einen Hubschrauber näher kommen. »Entfernen Sie sich unverzüglich ...«

»Ich werde mich garantiert nicht entfernen!«, wehrte sich der braun gebrannte Mann im Jeansanzug. Er sprach mit dem Akzent der britischen Oberschicht. »Ich bin Professor Campbell-Hewitt von der archäologischen Abteilung der Universität Cambridge und besitze für mich und mein Team eine Forschungsgenehmigung vom Kulturministerium Guatemalas, weshalb ich verlange ...«

»Bitte folgen Sie den Anweisungen meiner Untergebenen«, sagte ein amerikanischer Offizier im Rücken des Professors. Er sprach laut, war aber wegen des Helikopters trotzdem nur schwer zu verstehen. »Das Gebiet ist abgesperrt. Ihr Team wartet in Ihrem Camp auf Sie.«

»Was, um Himmels willen, geht hier vor?«, fragte der Professor mit blassen Lippen.

»Ich habe nicht die Befugnis, darüber zu sprechen, aber man wird Sie in den nächsten Tagen informieren. Bitte entfernen Sie sich jetzt ...«

Der Helikopter schwebte nun direkt über der beleuchteten Stelle und überlagerte mit seinem Knattern die Worte des Offiziers. Um dessen Anweisung Nachdruck zu verleihen, führten zwei Soldaten den Professor weg. Er blickte über die Schulter zurück und sah den Hubschrauber im Lichtschein nach unten sinken. Es war ein Chinook-Kampfhubschrauber der US-Luftwaffe, und nur kurze Zeit später hob er den außergewöhnlichen Gegenstand an den orangen Gurten hoch. Die zweigeteilte Form und die antennenartigen Auswüchse des Apparats erinnerten an einen Riesenkäfer, aber sonst war nichts Natürliches daran; stattdessen sah der mit Lehm und Pflanzen überzogene Metallrumpf kriegerisch, ja geradezu furchterregend aus.

Professor Campbell-Hewitt wischte sich den Schweiß von der Stirn und wäre gestolpert, hätte ihn nicht einer der Soldaten so fest am Arm gepackt, dass es wehtat.

Der Sonntagmorgen dämmerte bläulich. In der Kälte knirschte der trockene Schnee unter den Stiefeln von Julius und Aaro, als sie zum Schlittenverleih kamen.

»Der ist zu lahm«, meinte Aaro verächtlich und trat

gegen die Kufe eines grünen Schneemobils. »Das ist ein Touring 380. Wir könnten aber den Touring Rev GTX da drüben nehmen, dann kriegen wir ein bisschen Speed.«

Über eines waren sich die beiden Jungen einig: Den Skilanglauf würden sie den Rentnern überlassen. Stattdessen suchten sie sich ein schnelles Fortbewegungsmittel aus. Alan und Taina hatten über die faule Jugend von heute den Kopf geschüttelt, waren aber schließlich zu zweit zur Skitour aufgebrochen.

Julius sah Aaro an. In seinem Gesichtsausdruck wechselten sich Ungläubigkeit und Bewunderung ab. »Bist du wirklich schon mal mit so einem gefahren?«

»Na klar«, sagte Aaro mit gespielter Bescheidenheit, obwohl er in Wahrheit erst einmal in seinem Leben am Steuer eines Motorschlittens gesessen hatte, und zwar genau zehn Minuten lang. Dann war er mit dem Ding in einen Schneewall hineingefahren.

Um den Verleih kümmerte sich ein junger Typ, der mit Kopfhörern und Retro-Pelzmütze hinter der Theke saß. Zum Glück drückte er bei Aaro ein Auge zu – dem fehlten nämlich eigentlich ein paar Monate bis zum vorgeschriebenen Mindestalter, in dem man Schneemobile fahren durfte. Sie mieteten den GTX für drei Stunden, und Aaro nahm schluckend zur Kenntnis, dass die Versicherungs-Eigenbeteiligung deutlich höher lag als bei den billigeren Modellen. Da hieß es behutsam fahren und auf keinen Fall Julius ans Steuer lassen.

Der Vermieter winkte zum Abschied und Aaro drehte vorsichtig am Gas. Sofort schoss der Schlitten in unglaublichem Tempo los. Aaro spürte, wie Julius krampfhaft die Arme um seine Hüfte schlang. Nach einer Weile bekam er das Tempo aber in den Griff und fand den Weg zur Motorschlittenstrecke. Sie mussten allerdings die Nebenstrecke nehmen, denn auf der offiziellen Bahn durften nur Leute fahren, die einen Führerschein hatten.

Der Schnee glitzerte, die Bäume krümmten sich unter der weißen Last. Nach einigen Kilometern kamen Aaro und Julius an eine Raststelle, wo sich mehrere Briten in hellroten Skioveralls versammelt hatten. In ihrer Mitte stemmte ein Mann die Hände in die Hüften, der aussah wie ein braun gebrannter Sportler und der keine Mütze, dafür aber eine Sonnenbrille trug.

Aaro bremste ab, damit beim Vorbeifahren nicht zu viel Schnee auf die Leute spritzte. Als sie die Raststelle schon fast passiert hatten, drückte ihm Julius schmerzhaft die Finger in den Nacken.

»Halt sofort an!«, rief ihm Julius ins Ohr. »Da ist Alastair!«

Nach der Raststelle ging es steil in eine tiefe Senke hinab und die Abfahrt war vereist. Aaro war klar, dass er auf dem glatten Hang nicht bremsen konnte, er ließ den Schlitten nach unten gleiten und in aller Ruhe den nächsten Hügel hinauffahren. Julius wirkte unruhig, als wollte er nicht länger mitfahren.

»Ein Kumpel von dir, oder was?«, rief Aaro.

»Alastair Cavenagh!«, brüllte Julius. »Der Gewinner der Kenia-Safari-Rallye und Meister in der Escort-Klasse! Der größte Waliser in Afrika! Was macht der in dieser gottverlassenen Gegend? Auf dem Rückweg müssen wir unbedingt anhalten.«

»Alles klar«, rief Aaro und verfluchte innerlich die chronische Sportverrücktheit der Engländer. Sie erreichten nun die Spitze des Hügels, wo die offizielle Motorschlittenroute ihre Bahn kreuzte, und hörten das Motorgeheul eines Schlittens, der mit vollen Umdrehungen näher kam.

Es war ein PS-starkes violettes Sportmodell, gesteuert von einem Mann mit dunkler Schutzbrille. Hinter dem Schlitten schlingerte ein Anhänger hin und her, dass der Schnee nur so stob.

Aaro tat, was zu tun war, er drehte das Gas voll auf, um vor dem wie wahnsinnig rasenden Gefährt über die Kreuzung zu kommen. Der Schlitten machte prompt einen Riesensatz, rutschte beim Aufkommen aus der Spur, hoppelte über ein paar Baumstümpfe und kippte schließlich auf die Seite. Aaro landete im Schnee und im selben Moment ging der Motor aus. So sollte es auch sein, denn der Zündschlüssel war mit einem Band an Aaros Gürtel befestigt und wurde aus dem Schloss gerissen.

Aaro rappelte sich auf und wischte sich den Schnee vom Gesicht. Er konnte gerade noch sehen, wie ihnen von dem Sportschlitten aus mit der Faust gedroht wurde. Wie wild sprang der offenbar leere Anhänger hinter dem rasenden Gerät her.

»Hilf mir, schnell«, keuchte Julius mit rotem Gesicht und wühlte panisch den Schnee aus dem Jackenkragen. »Der ist kalt, ich fang an zu frieren und krieg eine Lungenentzündung …«

»Unglaublich«, sagte Aaro mit vor Schreck zitternder Stimme. »Der hält nicht mal an. Keine Manieren.«

»Du hättest den Schlitten in der Spur halten müssen«, schnaubte Julius. »Anscheinend hast du doch nicht besonders viel Erfahrung.«

Besorgt untersuchte Aaro den Schlitten, der neben einem Baumstumpf auf der Seite lag. Plötzlich richtete er den Blick auf Julius.

»Du hast dir doch nicht wehgetan?«

»Nein. Wieso? Kann bloß sein, dass ich vor Kälte sterbe ...«

Aaro grinste, machte sich aber doch Gedanken, denn er fühlte sich für Julius verantwortlich, auch wenn der älter war als er. Aber er hatte nun mal den routinierten Fahrer gespielt, außerdem war Julius in Finnland zu Gast und hatte von den Regeln des Motorschlittenfahrens keine Ahnung.

Zum Glück war es nicht schwer, den Schlitten wieder flottzumachen. Aaro peilte die Fahrspur an, von der sie abgekommen waren, und überlegte, wie er am besten zwischen den Baumstümpfen hindurch wieder dort hinkam, da bemerkte er am Hang unterhalb der Strecke ein schwarzes Bündel. Als wäre etwas von dem Anhänger des rasenden Motorschlittens in den Schnee gefallen. Aaro kämpfte sich durch den Pulverschnee bis an die entsprechende Stelle. Als er zurückkam, hatte er einen schwarzen Müllsack in der Hand.

»Und dann vermüllen sie noch die lappische Natur«, meinte er verärgert und knotete die Tüte auf. »Zeitungen und Plastikabfälle. Echte Schweinerei.«

»Du kannst es ja in die Mülltonne werfen, nachdem du mich an der Hotelbar abgesetzt hast. Allmählich interessiere ich mich mehr für Billard als für diese primitive Rumfahrerei.«

»Na klar bringen wir den Dreck dorthin, wo er hingehört«, sagte Aaro und schwang den Müllsack vor sich auf den Sitz. Dabei traf er die Lenkstange und es entstand ein merkwürdiges pochendes Geräusch. Neugierig machte er noch einmal den Sack auf und wühlte einen länglichen Gegenstand heraus, der so lang wie sein Unterarm und in Blisterfolie verpackt war.

Frierend hüpfte Julius um den Schlitten herum. »Hast du vor, bei dieser Kälte Luftblasen platzen zu lassen, oder was? Ist das hier wirklich der passende Ort für so ein Hobby? Wie wär's, wenn wir endlich mal losfahren?!«

Ohne seinem Cousin auch nur die geringste Aufmerksamkeit zu schenken, riss Aaro mit klammen Fingern das Päckchen auf und brachte einen sonderbaren Holzstab zum Vorschein. Er schien aus nachgedunkeltem Fjällbirkenholz zu sein und es waren Bilder und alte Symbole eingeritzt. Aaro konnte einen Fisch, einen Bären, einen Wolf und runde Zeichen erkennen, die wahrscheinlich Himmelskörper darstellten. Und war der Kreis mit dem Kreuz darauf in der samischen Kultur nicht das Symbol für den Mond? Er hatte in der Schule einmal ein Referat über Naturvölker und ihre Riten gehalten und verschiedene Bildbände zu dem Thema studiert.

Der seltsamste Teil des Stabs war der ovale Stein in der Mitte. Oder war es ein Stück Metall? Auf jeden Fall wirkte es schwer. In die glatte Oberfläche waren sehr feine Muster und Schriftzeichen eingraviert.

»Das ist wahrscheinlich eine Fernbedienung aus der Steinzeit«, erklärte Aaro und hielt den Stab in die Luft. Das Licht funkelte matt auf dem ovalen Metallstück. Irgendwie hatte der Stab etwas Unheimliches an sich.

»Wirf ihn weg«, empfahl Julius. »Den hat irgendein Rentierzüchter zum Zeitvertreib gebastelt. Nichts Besonderes, höchstens moderne finnische Kunst.«

»Der scheint eher ziemlich alt zu sein«, meinte Aaro und versuchte, mit Schnee das Metall zu polieren, um die eingravierten Linien besser erkennen zu können.

»Nö. Solche Tierzeichen und Kreise hab ich schon in Horrorfilmen gesehen. Da tauchen sie immer an der Wand des Menschen auf, der als Nächstes getötet wird. Ich schätze, der Rentierzüchter ist von so einem Film beeinflusst worden.«

Aaro schüttelte langsam den Kopf. Er steckte den Stab wieder in den Müllsack, knotete ihn zu und band ihn an der Lenkstange des Schlittens fest. Zum Glück sprang der Motor mühelos an, und nach einem kurzen Slalom gelang es Aaro, das Gerät wieder auf die ebene Bahn zu bringen. Julius schlotterte hinter ihm vor Kälte, und Aaro dachte, dass er seinen armen Cousin am besten zu der Raststelle brachte, wo er sich am Feuer wärmen konnte. Wie kamen die Briten bloß auf ihrer feuchtkalten Insel zurecht, wenn sie hier kurz vorm Erfrieren waren, obwohl es gerade mal zehn Grad minus hatte?

6

Der violette Sportschlitten hatte vor der Raststelle angehalten. Es waren keine Leute mehr da, in der Stille konnte man das Geräusch der Skier auf der nahe gelegenen Piste hören.

Bob Rose stand neben dem Schlitten und starrte auf den Anhänger. Gerade noch hatte er sich unsterblich gefühlt, als er auf dem Schlitten durch den Wald gejagt war. Dieses Gefühl war jetzt wie weggeblasen, weil er merkte, dass der Müllsack nicht mehr im Anhänger lag. Normalerweise brachte ihn nichts so leicht aus der Fassung, aber jetzt schwitzte er. Das würde seinem Chef überhaupt nicht gefallen. Er wischte sich die Schweißperlen von der Stirn. Unter der Tätowierung auf seinem Handrücken traten die Adern hervor.

Wo war der Sack? Er musste heruntergefallen sein, als er dem anderen Motorschlitten ausgewichen war.

Rose schwang sich wieder auf sein Gefährt und gab Gas.

Aaro band den schwarzen Müllsack von der Lenkstange los. Er wühlte kurz darin und zog das Blisterfolienbündel heraus. Den Sack warf er in den nächsten Abfalleimer.

Der verpackte Stab lag seltsam schwer in der Hand. Das

Holz der Fjällbirke hatte dichte Fasern und darum ein hohes Gewicht. Und dann das Metall oder der Stein in der Mitte – konnte das Blei sein?

Julius ging ins Haus, um seine Mutter zu fragen, ob das Essen fertig war. Aber er fand nur einen Zettel, auf dem Taina und Alan mitteilten, sie seien zum Skischuhtanz ins Hotel gegangen.

Verärgert über die ausgefallene Mahlzeit kehrte Julius zu Aaro zurück und trat gegen ein paar Eisbrocken. »Spielst du immer noch mit diesem Höhlenmenschentaktstock herum? Wirf ihn endlich weg, der ist so hässlich wie die Nacht!«

Aaro betastete das glatte, eingelassene Stück in der Mitte des Stabs, auf dessen Oberfläche matt das Licht schimmerte. Eigentlich fand er den Gegenstand sogar ganz schön, und bestimmt war er sehr alt. Seine Finger hielten auf einer Gravur inne. Was das wohl für Linien und Symbole waren? Mit etwas Fantasie hätte man sie für eine Kartenzeichnung halten können. Und der ovale Stein – war das wirklich ein Mineral oder war er von Menschenhand aus Metall gegossen worden?

»Das sieht aus wie ein Sternbild«, sagte Aaro, ohne sich um Julius' Skepsis zu kümmern, und fuhr mit den Fingern über die eingravierten Linien.

»Bestimmt eine Botschaft aus dem All«, meinte Julius verächtlich. »Bringt mich zu eurem Anführer. Oder noch besser an einen Ort, wo man eine Pizza bekommt. Lass uns ins Hotel gehen, ich bezahle, weil du ja sowieso kein Geld hast!«

Aaro wickelte den Gegenstand vorsichtig wieder in die Blisterfolie und ließ ihn im Kasten unter seinem Bett verschwinden. Alte Funde hatten immer ihren Wert, dachte er, während er Julius zum Fremdenverkehrszentrum folgte.

7

Ungeduldig analysierte Bob Rose das Gelände. Die Spur des anderen Schlittens führte in eine kleine Senke, wo er anscheinend zwischen den Baumstümpfen umgekippt war. Um den Unfallort herum gab es jede Menge Fußspuren, der Schnee war völlig zertrampelt. Sie hatten den Schlitten wieder auf die Kufen gekriegt und waren anschließend wahrscheinlich zum Hotel zurückgefahren.

Genervt stapfte Rose weiter durch den Schnee. Eine Fußspur führte vom Unfallort bis zur Mitte des Hangs. Warum? Hatte dort der Sack gelegen? War er so weit vom Anhänger geflogen? Rose sah zu der Strecke hinauf, die er gefahren war. Ja, das konnte sein. Nun sah er sich den Hang genauer an. An vielen Stellen waren Abdrücke im Schnee. Eventuell war der Sack mehrmals im Schnee aufgeschlagen.

Dann hatte ihn jemand geholt, auf seinen Schlitten geladen und war damit zurückgefahren. Der Schlitten, der ihm den Weg abgeschnitten hatte?

Rose gefiel das alles überhaupt nicht. Er war ein Mann des geradlinigen Handelns, er war es gewohnt, seine Aufträge schnell und auf direktem Weg zu erledigen. Rückschläge gingen ihm auf die Nerven. Jetzt war er gezwungen, den Spuren systematisch zu folgen. Ursprünglich hatte sein Auftrag darin bestanden, so zu tun, als hätte er den Sack zufällig gefunden, und anschließend dessen besonderen Inhalt einem Experten zur Begutachtung zu bringen – aber jetzt musste er den Sack wirklich finden, und nicht nur zum Schein.

Koch würde nicht zufrieden sein, wenn er erfuhr, was passiert war.

Die Aufnahme war undeutlich und grobkörnig. Zwischen den Scheinwerfern, die als helle Flecken zu erkennen waren, sah man einen dunklen Gegenstand von der Größe eines Autos, an dem Soldaten Gurte befestigt hatten.

»Kannst du mit dem Bild etwas machen?«, fragte Professor Campbell-Hewitt in dem großen, gut ausgestatteten Zelt, das mit seinen Leuchtröhren und Laptops an ein Büro erinnerte. Die nächtlichen Geräusche des Urwalds drangen durch den Zeltstoff.

»Ich schneide mit Photoshop diesen … Gegenstand heraus«, sagte der junge Mann unsicher. »Was ist das überhaupt?«, fragte er leise, den Blick auf den Bildschirm gerichtet.

Campbell-Hewitt starrte die Aufnahme ernst an. »Das weiß ich noch nicht. Aber ich werde es herausfinden.«

»Aus irgendeinem Grund gefällt es den Amerikanern nicht, dass wir uns dafür interessieren. Hast du gehört? Sie haben die Memorycard aus Jasons Kamera zerstört, weil er den Helikopter fotografiert hatte.«

»Ich habe es gehört«, sagte Campbell-Hewitt, aber er

schien sich auf etwas ganz anderes zu konzentrieren. Die Spitze seines Bleistifts skizzierte auf einem Blatt Papier die Umrisse des Gegenstands, den der Hubschrauber geholt hatte.

»Schau dir das an«, flüsterte er. »Woran erinnert dich das?«

Ohne die Antwort abzuwarten, ging der Professor in die sternklare Nacht hinaus. Das Mondlicht beleuchtete die Ruine des Maya-Tempels auf der anderen Seite des Tals. Nichts an der Landschaft verriet, dass man im 21. Jahrhundert lebte und nicht fünfhundert Jahre vor unserer Zeitrechnung. Campbell-Hewitt richtete den Blick zum Sternenhimmel, den die Mayas leidenschaftlicher studiert hatten als jede andere Zivilisation vor und nach ihnen.

Die Stille wurde vom fernen Geräusch des Hubschraubers gestört, bedrohlich und beängstigend blieb es dem Professor im Ohr. Was ging hier vor?

8

Nach der Pizza mit Räucherlachs, Schimmelkäse und Ananas und einer große Portion Eis fühlte sich Aaro erschöpft, trotzdem wies er Julius' Vorschlag, ein Mittagsschläfchen zu machen, weit von sich. Die altertümlichen Zeichen auf dem Stab gingen ihm nicht aus dem Kopf, sie waren stärker als die Müdigkeit.

»Du scheinst eine Frischluftvergiftung zu haben«, sagte er zu Julius. »Wenn man aus London kommt und dann hier in Lappland die Luft einatmet, hat die Lunge ordentlich was zu tun.«

»Vor allem wenn man Schnee einatmet, der sich in der Lunge absetzt und dann eine Lungenentzündung auslöst«, gab Julius zurück, stand auf und verließ die Pizzeria, die im Hotelkomplex untergebracht war.

Aaro hatte keine Lust, mit seinem Smartphone im Internet zu recherchieren, sondern ging lieber zu dem Computer im Hotelfoyer, weil der einen großen Bildschirm und eine schnellere Verbindung hatte. Nach einer halben Stunde fand er eine Seite mit alten magischen Darstellungen der Samen. Ein Forscher namens Johannes Schefferus hatte sie im 17. Jahrhundert während seiner Lapplandreise von alten Zaubertrommeln abgezeichnet.

Das Symbol für die Sonne war vollkommen klar, sie hatte sogar ein Gesicht und Strahlen wie auf Kinderbildern. Ein Kreis mit einem Kreuz obendrauf stellte den Vollmond dar. Ein weiteres Symbol zeigte einen länglichen Fisch, sicher ein Hecht, darauf saß ein Vogel mit seltsam großem Hahnenkamm auf dem Kopf.

Am meisten interessierte sich Aaro für die Darstellung eines Bären, denn sie sah fast genauso aus wie die auf dem Stab, den er gefunden hatte. War der Bär nicht bei den Samen ein heiliges Tier gewesen, dessen Namen man nicht einmal laut aussprechen durfte? Der Bär verfügte eindeutig über Schnauze und Tatzen, aber über dem Kopf war so etwas wie eine Krone zu erkennen. Oder erinnerte das mehr an ein Rentiergeweih? Man konnte meinen, jemand habe versucht, Bär und Rentier gleichzeitig zu malen.

Aaro blieb noch eine Weile sitzen und verbesserte die Zeichnungen, die er von den Symbolen angefertigt hatte. Der Drucker war kaputt, darum hatte er nichts ausdrucken können. Womöglich handelte es sich bei dem Stab tatsächlich um einen echten samischen Kultgegenstand aus alten Zeiten. In dem Fall musste er richtig wertvoll sein. Aber wer wollte so ein Ding kaufen? Vermutlich ein reicher Sammler oder ein Museum.

Dann stellte sich noch die Frage, wie der Stab in dem Müllsack gelandet war? Besonders seltsam schien es, dass ihn jemand so sorgsam verpackt hatte, er aber trotzdem im Müllsack lag. Als sollte er dort versteckt werden.

Aaro spürte ein Kribbeln im Bauch. Er würde der Sache genauer auf den Grund gehen.

Der 22-jährige Scott Donovan kniete im Sand und richtete die Kamera auf einen glatten, schwarzen, ovalen und außergewöhnlich schweren Stein, der ihn faszinierte, und den er eigens zum Fotografieren an den Strand mitgebracht hatte.

In dem Moment, in dem die Wellen den Stein erreichten, drückte Scott ab und wusste, dass er ein großartiges Foto geschossen hatte. Im Hintergrund sah man eine der Uferstraßen der westaustralischen Stadt Perth, mit Palmen und luxuriösen Häusern.

Scott machte noch ein paar Aufnahmen, dann stand er auf und strich sich die langen, lockigen Haare aus dem Gesicht. Zufrieden packte er den Stein wieder in seine Fototasche, die das Logo einer bekannten Surf-Marke zierte. Mineralien waren nur eines seiner zahlreichen Hobbys, aber er merkte, wie er sich mit jedem besonderen Fund mehr dafür begeisterte.

Der ovale Stein stammte angeblich aus der Großen Victoriawüste. Er gehörte zu einer Sammlung, die ursprünglich von einer alten Erdkundelehrerin angelegt worden war und die Scott über eBay gekauft hatte. Der Verkäufer hatte die Sammlung in einem An- und Verkauf-Laden in Perth entdeckt, wo sie offenbar nach dem Tod der Lehrerin gelandet war.

Scott war so zufrieden mit dem Foto, dass er beschloss, es zu Hause ins Netz zu stellen, und zwar in ein Forum für Mineralienfreunde.

Auf der Uferstraße hupte jemand. Scott blickte auf und sah einen großen Pick-up, dessen Ladefläche mit

Surfbrettern und winkenden jungen Männern vollgepackt war.

Er wusste, dass nun ein anderes Hobby an der Reihe war. Seine Freunde verstanden nichts von Mineralien.

Bob Rose blieb stehen und schaute auf den jungen Mann mit der Pelzmütze, der im Motorschlittenverleih arbeitete.

»Wollen Sie ein Schneemobil mieten?«, fragte der Angestellte in fast akzentfreiem Englisch.

»Vielleicht später«, meinte Rose. »Ich bin gerade erst angekommen und will zwei Wochen bleiben. Eigentlich suche ich die zwei Jungs, die mir den Verleih hier empfohlen haben. Sie haben heute wahrscheinlich einen Schlitten gemietet ...«

Der junge Mann lächelte. »Leider können wir über unsere Kunden keine Angaben machen, wenn wir nicht ihre Erlaubnis haben.«

»Ich habe mich lediglich gefragt, wo die beiden wohnen, weil sie mich eingeladen haben, heute Abend etwas mit ihnen zu trinken. Sie haben aber vergessen, mir zu sagen, wo.«

»Tut mir leid. Bei uns in Finnland gilt der Datenschutz«, sagte der junge Mann und beeilte sich, eine große chinesische Touristengruppe in Empfang zu nehmen, die mit Hundegespannen vor dem Verleih anhielt.

Rose nutzte die Gelegenheit. Schnell und skrupellos schlüpfte er ins Büro und war im Nu am Schreibtisch. In der obersten Schublade lag ein DIN-A4-Heft, in dem mit Kugelschreiber Namen und Geldbeträge notiert waren.

Professor Campbell-Hewitt nahm ein Buch von dem Stapel neben seinem Bett und blätterte im Schein der Leselampe darin. Die Amerikaner waren mit ihrem Helikopter verschwunden, zurückgeblieben war eine Flut von Fragen.

Aufgeregt schlug der Professor die Seiten um. Das Buch über die Kunstschätze der Maya-Kultur hatte ein guter Freund und Kollege von ihm an der Universität Yale geschrieben.

Der Professor selbst kannte die Technologie und die Geheimnisse des Städtebaus der Maya in- und auswendig, aber was die Bildkunst betraf, musste er sich auf die Kenntnisse anderer verlassen.

Plötzlich hielt er inne und sein Blick heftete sich auf eine Seite, die eine Steinritzung im Tempel von Aguateca zeigte. Im oberen Bereich sah man Sirius, den hellsten Stern am Himmel. Und im unteren Teil wurde eine zweiteilige Gestalt gezeigt, die entfernt an einen Käfer mit antennenartigen Auswüchsen erinnerte.

Bestürzt richtete der Professor den Blick auf die Skizze, die er Stunden zuvor angefertigt hatte.

Der Gegenstand von der Größe eines Autos, den die amerikanischen Soldaten mit dem Hubschrauber aus dem Urwald geholt hatten, sah aus wie das Bild, das die alten Maya einst in den Stein geritzt hatten.

Der Professor holte tief Luft und schloss die Augen.

9

Der Laden neben dem Eingang zum Lappland-Museum quoll über vor Touristen. Sie befühlten Rentierfelle, aus Fjällbirkenholz geschnitzte Tassen, Miniaturen von samischen Kultsteinen und Schlüsselanhänger aus Knochen. An den Wänden hingen Plakate, auf denen die Mitternachtssonne, Hundegespanne und Forellenfischer an einem reißenden Strom zu sehen waren.

Aaro suchte in dem kleinen Bücherregal des Ladens nach einem Buch über alte samische Funde, aber es gab nichts Vernünftiges, lediglich alle möglichen Erinnerungen an Wander-, Angel- oder Jagdausflüge sowie unnütze Bildbände, die nicht den Hauch einer Information enthielten.

Er ging einigen deutschen Touristen aus dem Weg, die sich lautstark über die Preisunterschiede der Schlüsselanhänger aus Rentierknochen hier im Fremdenverkehrszentrum und in der Polarkreis-Hütte unterhielten. Hinter ihnen standen gesprächige finnische Frauen vor der Kasse Schlange. Sie hatten Boulevardzeitungen in der Hand, die sie bezahlen wollten.

»Und seit dem Morgen ist er nicht mehr gesehen worden?«, fragte eine der Frauen das Mädchen an der Kasse.

Aaro spitzte die Ohren, denn die Stimme der Kundin strotzte vor Neugier und Sensationslust, außerdem schien es um etwas zu gehen, was in der Nähe vorgefallen war.

»Keine Ahnung. Angeblich ist ein Hubschrauber mit Wärmekamera unterwegs, um sich an der Suche zu beteiligen. Und das Noteinsatzteam unserer Gemeinde ist bereits mit einigen Freiwilligen im Gelände«, erzählte die Kassiererin.

»Wie furchtbar! So ein junger Kerl. Vielleicht ist er …«

Die Stimme der Frau ging im aufbrausenden Meinungsaustausch der deutschen Touristen unter. Aaro schob sich näher an die Kasse heran, aber es war zu spät. Das Einzige, das er verstanden hatte, war, dass hier in der Gemeinde ein Junge verschwunden war, eventuell sogar vom Gelände der Hotelanlage.

Er schaute zum Museumseingang. Die Glastür war geschlossen und im Ausstellungsraum hatte man die Beleuchtung gedimmt, trotzdem waren dort Leute. Aaro ging hinüber und konnte durch die getönte Scheibe in der Tür einen Polizisten in Uniform und einen Mann in Windjacke, womöglich ein Polizist in Zivil, erkennen. Beide drehten eine Runde durch den Ausstellungsraum.

»Entschuldigung, ich müsste mal da rein«, sagte eine weibliche Stimme hinter Aaro. »Das Museum wird in wenigen Minuten für Besucher geöffnet.«

Eine blonde, mittelgroße und dezent gekleidete Frau hielt ihre Codekarte auf das Lesegerät. Es piepste und die Frau öffnete die Tür. Auf dem kleinen Namensschild an ihrer Bluse stand: *Jenni Saurimo, Museumsleiterin.*

»Könnten Sie mir vielleicht helfen?«, fing Aaro an. »Ich suche Informationen über alte samische Funde, vor allem interessiere ich mich für Gegenstände, die mit Schamanismus zu tun haben.«

Hinter der blauen Brille von Frau Saurimo blitzte ein Lächeln auf.

»Kids in deinem Alter sind normalerweise mit dem Snowboard auf der Piste ... aber gut, dass es auch welche gibt, die sich für Geschichte interessieren. Komm nur rein.«

Sie ließ Aaro ein und schloss die Tür hinter sich. Aaro war stolz, so bevorzugt behandelt zu werden. Die Museumsleiterin wechselte ein paar Worte mit den Polizisten, die gerade den Fußboden untersuchten, dann zeigte sie Aaro ein paar vergrößerte Fotografien von samischen Kultsteinen.

»Wir sind jetzt fertig«, sagte einer der Polizisten zu Jenni Saurimo. »Wir melden uns dann telefonisch wieder.«

Die beiden Männer gingen, und vor der Glastür versammelten sich allmählich neugierige Touristen, die so aussahen, als könnten sie es nicht abwarten, endlich ins Museum zu kommen. Aber Frau Saurimo sah auf die Uhr und sagte: »Ich habe so oft vor deutschen Museen warten müssen. Die machen keine Sekunde früher auf. Also nehmen wir es auch genau.«

Sie deutete noch einmal auf die großen Schwarz-Weiß-Fotos an der Wand. »Was Seitas sind, weißt du ja sicher. Es sind spezielle Steine oder Felsen, an denen etwas geopfert wurde, zum Beispiel ein Rentier. Manchmal hat man ein Seita auch aus Holz gemacht, als Pfahl mit einer Spitze aus Metall. Das hat mit einer bestimmten Glaubensvorstellung der Samen zu tun. Sie hielten nämlich den Polarstern für einen großen Polarnagel, um den herum sich das ganze Firmament drehte.«

Jemand klopfte laut an die Glastür. Die Museumsleiterin sah kurz hin, deutete auf ihre Armbanduhr und fuhr fort: »Mithilfe der Zaubertrommel sagten sie die Zukunft voraus. Die Zauberer beziehungsweise Schamanen fielen beim Trommeln in Trance, man warf ein Stück Knochen auf das bemalte Trommelfell aus Rentierleder, das dann von einem Bild zum anderen sprang. Das Schicksal hing davon ab, auf welchem Symbol das Knochenstück liegen blieb …«

Aaro lief ein leichter Kälteschauer über den Rücken, obwohl es im Museum warm war. Er blickte auf die Nachbildung einer Zaubertrommel in einer Vitrine. Die Bilder darauf stellten Himmelskörper dar und waren rostrot. Aaro kam auf den Gedanken, dass sie womöglich mit Blut auf die Rentierhaut gemalt worden waren. Die Museumsleiterin kannte sich richtig gut mit der alten samischen Kultur aus. Vielleicht wäre es am besten, ihr sofort von dem seltsamen Fund zu erzählen.

»Die meisten Zaubertrommeln wurden im 18. Jahrhundert von christlichen Missionaren vernichtet. Und die Samen glauben auch nicht mehr daran. Es existieren höchstens noch Reste ihres alten Glaubens, zum Beispiel wenn sie heute noch mit dem Messer über eine Wunde streichen, um die Blutung zu stillen.«

Frau Saurimo ging zur nächsten Vitrine. Aaro wollte gerade etwas sagen, als sie fortfuhr: »Schau dir diesen Gegenstand einmal genau an. Hier haben wir eine Art Seita im Kleinformat, einen Polarnagel. Der hat zwar keine Metallspitze, aber dafür ist knapp oberhalb der Mitte ein außergewöhnlicher Stein eingelassen.«

Aaro musste erst mal schlucken. Der Gegenstand sah exakt so aus wie der, den er im Müllsack gefunden hatte. Auch die dünnen Linien und Punkte auf dem matt schimmernden Stein schienen die gleichen zu sein. Beim Material handelte es sich mit Sicherheit um Fjällbirke, denn dieses Holz kannte Aaro von dem Schaukelstuhl, den sich sein Großvater selbst gebaut hatte.

»Ist das der einzige Stab seiner Art?«, fragte Aaro schließlich, wobei er sich um einen normalen Tonfall bemühte. »Oder gibt es irgendwo noch mehr davon?«

Frau Saurimo sah ihn an und lächelte. »Nicht einmal von den Zaubertrommeln sind noch viele übrig, einige Dutzend nur. Von anderen besonderen Gegenständen ganz zu schweigen. Der Stab hier ist ein Unikat. Es gibt ihn nur ein Mal, er ist absolut einzigartig. In letzter Zeit hat er sogar das Interesse ausländischer Wissenschaftler geweckt.«

»Wo wurde er gefunden?«

»Das ist nicht ganz sicher. Seit dem Krieg hat der Stab im Magazin des Lappischen Museums in Rovaniemi gelegen. Angeblich hat man ihn in Petsamo entdeckt, aber es gibt einen älteren Forscher, der behauptet, der Stab sei hier ganz in der Nähe gefunden worden, an einer alten Kultstätte.«

»Was sind das für ausländische Wissenschaftler, die sich dafür interessieren?«

»Der deutsche Archäoastronom Dr. Hans Meyer will den Stab genauer untersuchen. Tatsächlich hat die Museumsleitung beschlossen, ihm das Exponat für einen Tag zu Forschungszwecken zur Verfügung zu stellen, denn Herr Meyer ist immerhin Dozent an der Humboldt-Universität in Berlin. Er wollte heute Abend, kurz bevor wir schließen, kommen und das Exponat abholen.«

»In der Zeitschrift *Sterne und Weltall* stand mal ein Artikel über Archäoastronomie.«

»Es ist äußerst interessant, was die Menschen in alten Zeiten über das Universum wussten. Viele Kulturen hatten sogar fast identische Zeitrechnungen. Der Mensch hat schon immer nach den Sternen gegriffen ... Seit jeher beschäftigen sich Wissenschaftler mit der Bedeutung der Pyramiden in Ägypten oder mit dem Verhältnis der Architektur von Stonehenge zur Sonne ...«

Das Klingeln ihres Handys unterbrach sie. »Hallo? Ja, das bin ich. Gut. Ich habe Zeit.«

Wieder klopfte jemand an die Glastür, diesmal energischer als zuvor. Frau Saurimo steckte das Handy ein und schaute auf die Uhr. »Jetzt habe ich ganz übersehen, dass wir schon ein paar Minuten über der Zeit sind.«

Sie ging zur Tür, um aufzuschließen. Als sie zurückkam, gab sie Aaro eine Broschüre des Museums. »Ich muss mir jetzt die Aufnahmen der Überwachungskamera ansehen. Aber du kannst gerne wiederkommen, wenn du dich für diese Dinge interessierst.«

Sie machte auf dem Absatz kehrt und ging in ihr Büro. Aaro verließ das Museum und schlängelte sich im Foyer durch eine Gruppe von Franzosen in Pelzmänteln hindurch zum Ausgang. Draußen hing der Geruch von Motorschlittenabgasen in der Luft. Am Himmel hörte man das laute Knattern eines Hubschraubers. Aaro blickte nach oben: Ein grüner Helikopter des Grenzschutzes flog über das Gebäude hinweg und folgte dann der Motorschlittenroute nach Norden.

Die Suche nach dem verschwundenen Jungen schien in vollem Gange zu sein.

10

In einem Vorort von Perth an der australischen Westküste brachte die Abendsonne den Asphalt zum Glühen. Scott Donovan stand in der offenen Tür und starrte schockiert auf das Chaos vor sich. Jemand hatte seine Wohnung durchwühlt.

Entlang der Uferstraße gab es massenweise luxuriöse Häuser, trotzdem hatten die Einbrecher ausgerechnet in seiner kleinen Mietwohnung zugeschlagen. Perth war eine der entlegensten Städte der Welt, aber auch eine der reichsten. Nirgendwo gab es im Verhältnis zur Einwohnerzahl so viele Millionäre wie hier. Dennoch hatten es die Einbrecher auf Scotts Wohnung abgesehen gehabt, in der die Surfbretter noch das Wertvollste waren.

Mit zitternden Händen hob Scott einige Papiere vom Boden auf und stellte einen Stuhl wieder hin. Sein Computer war noch da. Auch die Kamera und den MP3-Player hatten die Diebe nicht mitgenommen. Was hatten sie eigentlich gesucht?

Dann fiel sein Blick auf die Mineraliensammlung. Der schwarze ovale Stein war weg!

Im dem Moment erinnerte sich Scott an eine E-Mail, die er vor einiger Zeit bekommen hatte. Jemand hatte den

Stein kaufen wollen, nachdem er das Foto im Internetforum für Mineraliensammler gesehen hatte. Zuerst hatte der Mann fünfhundert und etwas später sogar zweitausend australische Dollar angeboten, aber Scott hatte abgelehnt.

Hatte derselbe Mann nun beschlossen, den Stein zu stehlen?

Scott nahm das Handy und meldete den Diebstahl bei der Polizei.

Dann setzte er sich an den Computer. Was war an dem Stein nur so begehrenswert?

Er beschloss, Kontakt zu dem Mann aufzunehmen, dem er die Mineraliensammlung abgekauft hatte. Nachdem er eine Weile in seinen E-Mails gesucht hatte, fand er den Namen. Will Palmers hatte die Kollektion in einem Antiquitätenladen aufgestöbert und sie später bei eBay verkauft. Scott schrieb ihm eine Mail.

Der Polizist Pertti Kähkönen fuhr den Laptop hoch und suchte in den Aufnahmen der Überwachungskamera nach einer bestimmten Sequenz. Museumsleiterin Saurimo sah ihm über die Schulter.

Die Aufnahme war von schlechter Qualität und unscharf, aber man konnte eindeutig die offene Vitrine erkennen und den Mann mit der schwarzen Mütze, der davorkniete, sowie den Rucksack, in dem er einen länglichen Gegenstand verschwinden ließ.

»Stopp!«, sagte Jenni Saurimo. Der Polizist hielt den Film an und ließ ihn dann langsam weiterlaufen. In Zeitlupe verstaute der Mann mit der Mütze den Gegenstand im Rucksack, hob einen anderen, ebenfalls länglichen Gegenstand vom Boden auf und legte ihn an die Stelle, wo der andere gelegen hatte. Danach schloss er sorgfältig die Vitrine.

»Das darf nicht wahr sein!«, sagte Jenni Saurimo. »Wann haben Sie das entdeckt?«

»Vor einer halben Stunde«, sagte Kähkönen. »Ziemlich seltsam. Es ist nichts gestohlen, sondern ausgetauscht worden …«

Jenni Saurimo eilte mit klappernden Absätzen in den Ausstellungsraum. Zum ersten Mal war sie gereizt, als sie sich an den Touristen vorbeidrängen musste. Rasch öffnete sie die Vitrine, nahm den Stab in die Hand und eilte damit ins Büro zurück, ohne den Museumsbesuchern etwas zu erklären. War dieser verfluchte Stab leichter als früher?, fragte sie sich.

In der Miniküche nahm sie ein Leinenhandtuch vom Haken, breitete es neben dem Computer auf dem Tisch aus und legte behutsam den Stab darauf. Mit dem Daumennagel kratzte sie vorsichtig am unteren Ende des Exponats. Die dunkelbraune Farbe löste sich, darunter kam ein helles, hartes Material zum Vorschein. Der Stab war nur bemalt, sah aber täuschend echt nach Fjällbirkenholz aus.

»Ist er tatsächlich vertauscht worden?«, fragte der Polizist.

Jenni Saurimo nickte.

»Eindeutig. Der hier ist wahrscheinlich aus PVC. Beziehungsweise aus einer Modelliermasse, die nach dem Kneten im Ofen gehärtet wird. Eine sehr gelungene Kopie.«

Der Polizist stöhnte. »Warum, um Himmels willen, hat jemand mit so viel Mühe eine Kopie gemacht?«

»Das frage ich mich auch. Und was sage ich jetzt Doktor Meyer? Ich werde ihn anrufen müssen.«

Jenni Saurimo nahm das Handy vom Tisch, aber Kähkönens entschiedene Stimme hielt sie von ihrem Vorhaben ab.

»Der Doktor soll ruhig in gutem Glauben herkommen. Dann schauen wir mal, was passiert. Vielleicht hilft uns das bei den Ermittlungen weiter.«

Museumsleiterin Saurimo legte das Handy wieder auf den Tisch und nickte leicht. Gut möglich, dass es hier um Dinge ging, die man besser der Polizei überließ.

11

Bob Rose zog die schwarze Sturmhaube etwas weiter nach unten, damit er den am Stuhl gefesselten Jungen besser sah. Der Bursche war blond und dünn, etwa siebzehn Jahre alt. Rose hatte ihm mit Isolierband die Hände hinter dem Rücken fixiert. Zuerst hatte der Junge geglaubt, er sei bei der »Versteckten Kamera« gelandet, dann hatte ihn die Angst gepackt. Schließlich war er aber zu dem Schluss gekommen, dass Rose ihm doch keinen Schaden zufügen wollte, und hatte sich immer mehr über die Situation geärgert.

»Ich weiß nichts über einen schwarzen Sack und einen Motorschlitten. Das Einzige, was ich weiß, ist, dass Sie vor Gericht kommen werden ...«

Die Augen des blonden Jungen funkelten. Rose seufzte enttäuscht; er hatte nichts herausbekommen. Bald würde die Aufsässigkeit des Gefangenen in Müdigkeit und dann in Verzweiflung umschlagen. Rose kontrollierte noch einmal, ob das Klebeband auch fest saß, und verließ die Hütte. Nervös warf er sich eine Pastille in den Mund und drückte eine Kurzwahltaste auf seinem Handy.

»Der Junge ist ein pathologischer Lügner, er glaubt selbst, was er sagt. Oder es ist noch schlimmer und wir haben den falschen Typen erwischt.«

Robert Koch, der den Anruf angenommen hatte, stellte in seinem Hotelzimmer die Kaffeetasse ab. Er wusste aus Erfahrung, dass Rose manchmal alles überstürzte und dann Fehler machte. Nach ein paar Fragen war er überzeugt, dass Rose tatsächlich einen völlig unbeteiligten Touristen geschnappt hatte.

Das hieß, dass die ganze Operation gefährdet war.

»Zieh dem Jungen eine Tüte über den Kopf und setz ihn irgendwo am Straßenrand ab, wo man ihn findet. Und wir beide unterhalten uns noch über Risikomanagement. Damit scheint es bei dir nämlich nicht ganz zu stimmen.«

Koch beendete das Gespräch. Wütend goss er sich eine weitere Tasse Kaffee ein. Rose war ein brauchbarer Mann, solange man ihn ununterbrochen im Auge behielt. Zum selbstständigen Arbeiten hatte er noch nie getaugt. Trotzdem hatte man bei diesem Einsatz aus finanziellen Gründen mit ihm vorliebnehmen müssen.

Jenni Saurimo stieg an der Skipiste aus dem Shuttlebus. Sie ging in das Blockhaus, das als Café diente, und sah sich um: Italiener in orangefarbenen Skianzügen, alle auch hier drinnen mit Sonnenbrillen, ein paar wettergegerbte amerikanische Abenteuerreisende auf der Suche nach dem echten Lappland, dazu laute junge Finnen. Der Junge, der sich für Geschichte interessierte, war nirgendwo zu sehen. Wie konnte sie nur Kontakt zu ihm aufnehmen?, überlegte sie, während sie eine Tasse grünen Tee bestellte.

Sobald sie die Aufnahme der Überwachungskamera gesehen hatte, war ihr der Junge wieder eingefallen. Er hatte gefragt, ob es mehrere solcher Stäbe gäbe. Wie war er darauf gekommen? Überhaupt hatte er den Eindruck gemacht, als wollte er eigentlich etwas erzählen, was er dann doch nicht herausbrachte.

Wäre der Stab gestohlen worden, hätte man das noch irgendwie verstehen können, dass er aber gegen eine Kopie aus Modelliermasse ausgetauscht worden war, ging Jenni Saurimo einfach nicht in den Kopf. Zumal die Herstellung einer solchen Kopie mit Sicherheit viel Zeit und Geld gekostet hatte.

Unter den Tausenden Touristen im Skigebiet einen bestimmten Jungen aufzuspüren, war nahezu unmöglich. Da musste schon der Zufall kräftig mithelfen. Und dann war da noch die Frage, was Doktor Meyer zu all dem sagen würde.

Im australischen Perth sah Scott Donovan vom Fenster aus zu, wie das Polizeiauto auf der von Palmen gesäumten Uferstraße davonfuhr.

Die Polizisten hatten sich gewundert, als Scott ihnen erzählte, bei dem Einbruch wäre lediglich ein ovaler Stein abhandengekommen. Er hatte jedoch behauptet, es sei der wertvollste Stein in seiner Sammlung gewesen, für die er zweihundert Dollar bezahlt habe. Einer der Polizisten hatte es notiert, ihm aber auch zu verstehen gegeben, dass er sich keine Hoffnung machen solle. Womöglich war tatsächlich ein neidischer Mineralienfreund, der ein Foto des Steins im Internet gesehen hatte, am Werk gewesen. Der andere Polizist hatte gemeint, man müsse sich eben genau überlegen, was man ins Netz stelle. Das Ganze war Scott immer mehr auf die Nerven gegangen, es hätte nicht viel gefehlt und er hätte die Polizisten aus seiner Wohnung geworfen. Er setzte sich an den Computer und öffnete sein E-Mail-Postfach. Von dem Mann, der ihm die Sammlung verkauft hatte, war noch immer keine Antwort gekommen.

Scott kramte die Kiste hervor, in der ihm die Sammlung per Post geschickt worden war. Die Adresse des Absenders stand darauf, und Scott gab sie in ein Kartenprogramm ein.

Kein Resultat.

Dann ging er auf die Homepage der australischen Post und schrieb die Adresse dort ins Suchfeld.

Verdutzt starrte er auf das Ergebnis: Eine solche Adresse existierte gar nicht.

12

Aaro saß in der Computerecke des Hotelfoyers hinter der Trennwand aus Holzimitat. Nebenan tranken braun gebrannte, müde Touristen, die von der Piste gekommen waren, Kaffee. Er googelte gerade den Archäoastronom Hans Meyer von der Humboldt-Universität, da schnappte er ein Gespräch auf, das jenseits der Trennwand auf Englisch geführt wurde:

»Das kann nicht wahr sein! Dein Bruder ist in einer Hütte gefangen gehalten worden?«, sagte eine Frau.

»So hat es mir Gregg erzählt«, bestätigte die Stimme eines jungen Mannes. »Ein Typ mit Sturmhaube hat ihn auf einer einsamen Straße im Wald überfallen und ihm irgendwas unter die Nase gehalten. Als Gregg wieder zu sich kam, war ihm schlecht und er saß gefesselt in einer grauenvollen Hütte.«

Aaro ging näher an die Trennwand heran, um besser hören zu können.

»Nein! Und ich dachte, Finnland wäre das sicherste Land der Welt. Wollte der Gangster Geld von Gregg, oder was? Ist Gregg jetzt in Sicherheit?«

»Ja, er liegt in unserem Ferienhaus und ist okay, falls Mama ihn nicht mittlerweile zu Tode gehätschelt hat. Es muss irgendein Wahnsinniger gewesen sein, er hat Gregg nach einer Motorschlittenfahrt und einem schwarzen Müllsack ausgefragt. Und weil Gregg nichts von irgendwelchen Müllsäcken wusste, hat er ihm eine Stofftasche über den Kopf gezogen und am Straßenrand ausgesetzt.«

»Er wollte ihn ersticken!«

»Na ja, die Tasche hatte er ihm wohl übergezogen, damit Gregg nicht sieht, wo er gewesen ist. Ein Gangstertrick wie im Film.«

»Das ist ja unglaublich! Wir werden in diesem Urlaub jedenfalls nicht mehr in den Wald gehen, zumindest in keinen, der nicht beleuchtet ist.«

Die Stühle quietschten auf dem Fliesenboden, als die Engländerin und der Bruder des entführten Jungen das Café verließen. Aaro hörte, wie die Frau versuchte, an der Rezeption mehr über den Vorfall herauszufinden.

Was hatte das zu bedeuten?, fragte er sich. Jemand war also hinter dem Müllsack her, den er gefunden hatte. Der Stab musste unwahrscheinlich wertvoll sein, wenn man dafür jemanden kidnappte. War der Kidnapper der Typ, der nachts ins Museum eingedrungen war? Und warum gab es zwei gleichartige Stäbe? Vielleicht handelte es sich bei dem einen nur um eine Kopie. Aber welcher war dann der echte?

Aaro kehrte zum Computer zurück und las Doktor Meyers Lebenslauf. Er enthielt eine ganze Litanei von wissenschaftlichen Publikationen und verschiedenen Arbeitsstellen. Meyer war Wissenschaftler am Massachusetts Institute of Technology, an der Sorbonne, an den Universitäten Hamburg, London und Mexico City sowie an der UCLA in Kalifornien gewesen. Er hatte sich vor allem auf alte lateinamerikanische Indianerzivilisationen spezialisiert, auf Mayas, Azteken und Inkas. Viele seiner Forschungen beschäftigten sich mit den astronomischen Kalkulationen und Zeitrechnungen der Indianer.

Aaro hatte einiges über die astronomischen Fähigkeiten alter Kulturen gelesen. Er fand es interessant, dass manche Forscher auf Meyers Erkenntnisse zurückgriffen, wenn sie beweisen wollten, dass irgendwann einmal Außerirdische auf der Erde gewesen waren, um ihre Zivilisation mit den Erdbewohnern zu teilen. Aaro kannte zum Beispiel die umstrittenen Thesen von Erich von Däniken, der behauptete, bei vielen großen antiken Bauwerken und bei bestimmten Linien, die man in der Landschaft entdecken konnte, handelte es sich um Navigationszeichen fremder Zivilisationen.

Die Fantasie ging mit von Däniken etwas zu sehr durch, aber Doktor Meyer wurde in Wissenschaftlerkreisen weltweit geachtet. Er hatte nie die Behauptung aufgestellt, die Pyramide von Gizeh wäre eine Art Weltraumleuchtturm für Ufo-Besatzungen, trotzdem war es möglich, seine Forschungsergebnisse in diese Richtung zu interpretieren, wenn man es darauf anlegte.

War der viel beschäftigte Wissenschaftler womöglich nur wegen des geheimnisvollen Stabs nach Lappland gekommen? Bildeten die sonderbaren Darstellungen auf dem Stab eine alte Sternkarte? Enthielten sie astronomische Erkenntnisse der finnischen oder samischen Urbevölkerung? Was für Erkenntnisse mochten diese Leute, die in Rentierfellen herumgelaufen waren, überhaupt gehabt haben?, fragte sich Aaro. Andererseits waren auch die Mayas so primitiv gewesen, dass sie sogar Menschen geopfert hatten, astronomisch aber waren sie trotzdem äußerst kenntnisreich.

Über die Links zu Meyers Forschungsergebnissen konnte Aaro seine Kenntnisse über die Mayas etwas auffrischen. Das alte mittelamerikanische Kulturvolk hatte Stufenpyramiden gebaut, obwohl es weder den Gewölbebogen noch das Rad gekannt hatte. Aber sie waren gut in Mathematik gewesen, sie hatten herausgefunden, dass die Null das Rechnen erleichterte. Die Astronomen der Mayas hatten genau die Länge eines Jahres berechnen und die Zeitpunkte von Sonnenfinsternissen vorhersagen können. Sie hatten sogar von den Sternen abgelesen, wann es günstig war, in den Krieg zu ziehen. Außerdem hatte das Volk über ein Schriftsystem verfügt. Als Gott hatten sie eine heilige Schwanzfederschlange angebetet, die man auch unter dem Namen Quetzalcoatl kannte.

Aaros Blick blieb auf einer Abbildung der Stufenpyramide von Tikal hängen. Warum kam sie ihm so bekannt vor?

Er strengte sein Gedächtnis an. Gab es nicht auch auf dem geheimnisvollen Stab zwei aufeinander zuführende Linien, die sich am Ende fast schnitten? Darüber war eine Sternkonstellation abgebildet, erinnerte er sich. Aber das alles kam ihm reichlich wirr und weit hergeholt vor. Die alten Mayas konnten ja wohl nichts mit einem Kultstab von samischen Schamanen im finnischen Lappland zu tun gehabt haben.

Trotzdem sollte er sich den Stein, der in dem Stab eingelassen war, möglichst bald noch einmal genauer ansehen, die Gravuren darin fotografieren und zum Vergrößern auf den Computer überspielen. Aaro fluchte innerlich, weil er seinen Laptop nicht mitgenommen hatte.

Von der Homepage der BBC lud er sich einen Podcast über die Sternenkunde der Mayas auf seinen iPod.

Dann kam ihm der spontane Gedanke, sich Begriffe zu überlegen, die den Stab und den Stein am besten charakterisierten, und sie in die Suchmaschine einzugeben. Er bekam damit viele Treffer, von denen sich die meisten allerdings schon auf den ersten Blick als vollkommen falsch erwiesen. Nur ein einziger schien interessant zu sein.

Aaro klickte den Link an und fuhr zusammen. Er sah ein Foto vor sich, das an einem Strand aufgenommen worden war. Es zeigte einen ovalen Stein, der exakt so aussah wie derjenige im Stab. Das Foto gehörte zu einem Blog und war erst eine Stunde zuvor gepostet worden. Der dazugehörige Text stammte von einem Mann namens Scott Donovan, der im australischen Perth lebte. Der Stein war Teil einer Sammlung, die er über eBay gekauft hatte, und war ihm unter sonderbaren Umständen gestohlen worden. Anschließend hatte sich dann herausgestellt, dass die Adresse des Mannes, dem er die Sammlung abgekauft hatte, gar nicht existierte.

Aufgeregt speicherte Aaro die E-Mail-Adresse von Scott Donovan in seinem Handy. Dann steckte er sich die Kopfhörer in die Ohren und machte sich entschlossen auf den Weg zum Motorschlittenverleih.

13

Am Eingang zum Museum tauchte ein großer Mann auf, der mit grünem Lodenmantel, Gamaschen und Tirolerhut ausstaffiert war. Jenni Saurimo sah Doktor Meyer kommen und eilte zu ihm. Sie war nicht ganz damit einverstanden gewesen, dass die Polizei Erkundigungen über den Doktor einholen wollte, aber nun war die Bitte um Nachforschungen längst über die Zentralkripo in Oulu an Interpol gegangen.

Dieser Mann war alles andere als ein Krimineller, dachte Jenni Saurimo, als sie dem Doktor die Hand gab. Meyer stellte seinen Wanderstock, der mit zahlreichen Messingplaketten und Schnitzereien verziert war, in die Ecke und trat ein. Er zog das eine Bein leicht nach. Den Kaffee, den die Museumsleiterin ihm anbot, lehnte er höflich ab.

»Ich würde lieber sofort anfangen, Ihr Exponat zu untersuchen. Bis morgen darf ich es behalten, nicht wahr?«

»Ja«, antwortete Jenni Saurimo. »Wir gestalten gerade einen Teil des Raums neu. An die Wand kommt eine kleine Fotoausstellung über finnische Fischer an der Polarmeerküste. Sie können den Stab in Ruhe untersuchen, wenn Sie ihn nur bis morgen früh um zehn zurückbringen.«

»Großartig«, murmelte der Doktor und richtete sein einziges Auge auf den Stab in der Vitrine.

Jenni Saurimo schloss den Glasschrank auf und nahm den Stab in die Hand. Mit dem Polizisten hatte sie vereinbart, aus ermittlungstechnischen Gründen niemandem zu sagen, dass der Stab vertauscht worden war, nicht einmal Doktor Meyer. Da die Kopie bis auf den Millimeter exakt war, bestand für Meyers Forschungen an sich auch kein Problem, trotzdem war der Museumsleiterin das Ganze peinlich. Meyer war immerhin ein Wissenschaftler von Weltrang und würde die Kopie sofort als solche erkennen.

Sie packte den Stab in Blisterfolie ein und legte ihn behutsam in einen stabilen Transportkarton mit Schaumstoffchips. Doktor Meyer verfolgte aufmerksam den Verpackungsvorgang. Jenni Saurimo fand, dass der alte Wissenschaftler etwas durch und durch Sympathisches an sich hatte, einen bubenhaften, ungezügelten Wissensdurst und zugleich eine gewisse europäische Kultiviertheit, die aus einer vergangenen Welt zu stammen schien.

Mit überschwänglichem Dank nahm er den Karton entgegen und eilte damit in die Eingangshalle. Er vergaß sogar seinen Stock, den ihm Jenni Saurimo mit einem etwas gezwungenen Lächeln hinterhertrug. Vielleicht würden die Untersuchungen des Doktors einen Hinweis liefern, warum es der Stab wert war, ausgetauscht zu werden.

Aaro trat von einem Fuß auf den anderen, um sich warm zu halten. Am Abend sank die Temperatur empfindlich, und inzwischen war es bereits fast acht Uhr. Der Doktor müsste bald kommen.

Aaro stand an einer Ecke des Fremdenverkehrszentrums, wo man ihn von drinnen nicht sehen konnte, und schlug die Lederfäustlinge gegeneinander. Kurz zuvor war er beim Motorschlittenverleih gewesen. Dort hatte er nützliche Informationen erhalten, allerdings war auch seine unangenehme Vermutung bestätigt worden, dass ihm jemand auf den Fersen war. Die Entführer hatten den richtigen Schlittenverleih ausfindig gemacht, jedoch den falschen Jungen gekidnappt. Bis jetzt.

Der Mann im Schlittenverleih hatte im Hinterzimmer ferngesehen, als Aaro hereingekommen war. Ohne Umstände war er zur Theke gegangen und hatte in den Unterlagen geblättert. An dem Tag, an dem er den GTX geliehen hatte, waren zahlreiche Briten eingetragen, aber nur einer mit dem Vornamen Gregg.

Weder das Hüpfen noch das Klatschen hielten ihn warm. Wenn der Doktor nicht bald auftauchte, müsste Aaro seine Niederlage eingestehen und zum Ferienhaus zurückkehren. Tante Taina hatte er mitgeteilt, er bleibe noch eine Weile im Fremdenverkehrszentrum, um im Internet zu surfen. Julius war mit ein paar jungen Engländern zum Billardspielen verschwunden.

Inzwischen hatte Aaro ausführlich über den ovalen Stein nachgedacht, der in Australien gefunden worden war und genauso aussah wie der ovale Stein in dem Stab hier in Lappland. Was mochte das bedeuten? Ganz zu schweigen davon, dass sich Unbekannte für das Stück in Australien interessierten. Aaro hatte beschlossen, eine Nachricht an Scott Donovan zu schicken und ihn zu fragen, was für Darstellungen auf seinem Stein zu sehen waren, denn auf dem Foto hatte man sie nicht erkennen können.

Kaum zu glauben, dass Menschen, die an fast entgegengesetzten Stellen auf der Welt gelebt hatten, gleiche Darstellungen in die Steine geritzt haben sollten. Wahrscheinlicher war doch, dass Lappen und Australier jeweils unterschiedliche Bilder gehabt hatten. Oder aber die beiden Steine stammten vom selben Ausgangspunkt und waren im Lauf der Jahrhunderte in unterschiedliche Richtungen gewandert.

Plötzlich wurde Aaro aufmerksam. Ein Mann im grünen Lodenmantel kam aus dem Fremdenverkehrszentrum. Er hatte einen Spazierstock in der Hand und einen Karton unterm Arm: Doktor Meyer. Mit großen Schritten ging er die Hauptstraße hinunter. Aaro folgte ihm in fünfzig Metern Abstand, näher wagte er sich nicht heran, denn womöglich hatte der seltsame Doktor gerade den englischen Jungen entführt.

Nach einiger Zeit bog der Doktor links ab auf einen steil ansteigenden Fußweg. Es fing an, leicht zu schneien, und Aaro stellte den Kragen seiner Winterjacke auf. Meyer kam trotz seines Hinkens überraschend schnell voran. Für sein Alter war er ziemlich gut in Form, Aaro hatte Mühe, ihm zu folgen.

Es ging immer weiter nach oben. Den Weg säumten ältere Ferienhäuschen, die fast alle leer standen. Wahrscheinlich hatten die auch keinen Fernseher und keine Waschmaschine, vermutete Aaro.

Vor der letzten Blockhütte blieb der Doktor stehen, grub einen Schlüssel aus der Hosentasche und schloss die Tür auf. Die ganze Vorderseite des Häuschens war verglast, sodass Aaro ungehindert hineinblicken konnte. Meyer zog seinen Mantel aus, ging in die Kochnische und schaltete den Wasserkocher ein. Dann stellte er den Karton auf den viereckigen Kiefernholztisch vor der Couch und öffnete den Deckel. Er nahm einen Gegenstand heraus, wickelte ihn aus der Blisterfolie und brachte einen dunkelbraunen Stab mit einem matt schimmernden dunklen Stein zum Vorschein.

Aaro sog die eiskalte Luft ein. Anscheinend hatte sich der Doktor tatsächlich den Stab ausleihen dürfen. Als der Deutsche plötzlich aus dem Fenster schaute, zog sich Aaro rasch hinter einen Schneewall zurück.

Der Wissenschaftler sah sich den Stab sorgfältig an. Dann verzog sich sein Mund zu einer unangenehmen Grimasse, und er warf den Gegenstand mit seltsamer Achtlosigkeit in den Karton zurück. Gleich danach tauchte ein Handy zwischen seinen Fingern auf, dessen Tasten er sogleich hektisch betätigte.

14

Matt funkelte das Licht von Mond und Sternen auf der Kupfer- und Stahlkonstruktion des geophysischen Observatoriums in Sodankylä. Im ersten Stock dieses neuen Forschungszentrums mit dem Namen Polaria saß ein Mann im Schein einer fahlen Neonröhre am Computer. Es war der Weltraumforscher John Hudson, ein kräftiger Mann mit Glatze. Als sein Telefon klingelte, nahm er sofort ab.

»Unfassbar«, sagte Hudson. »Eine Kopie? Ich konnte ja nicht wissen, dass …«

»Und das Unfassbarste ist, dass die Museumsleiterin nicht einmal zu wissen scheint, dass es sich um eine Kopie handelt. Ich kann sie im Moment nicht erreichen, aber es gehört zu den guten Gepflogenheiten, dass ein Museum darauf hinweist, wenn ein Exponat eine Kopie ist. Darauf ist unbedingt hinzuweisen!«

Der deutsche Doktor wurde immer lauter, er schien wirklich außer sich zu sein. Aber schließlich hatte Meyer eine wissenschaftliche Konferenz in Pretoria frühzeitig abgebrochen, um so schnell wie möglich nach Lappland zu fliegen. Hudson gab ihm recht, sagte, er werde sich melden, und legte auf. Was hier passiert war, hatte er nicht vorausgesehen.

Einen Augenblick später betrat Pekka Koskelo mit einem dicken Stoß Papier den Raum. Koskelo war Dozent für Weltraumastronomie an der Universität Oulu und ließ sofort seinen üblichen Wortschwall los, der Hudson auch nach zwei Wochen Aufenthalt ein Rätsel war. Hatte das pausenlose Geschwätz mit der Einsamkeit Lapplands zu tun oder hatte Koskelo irgendwo aufgeschnappt, dass man mit Ausländern auf Teufel komm raus Smalltalk betreiben soll?

»Hallo, ich hab jetzt das Material über das *Finnish Ultraviolet International Research Center* ausgedruckt, falls es dich interessiert, auch wenn ich ja weiß, dass du eigentlich nicht so der große Ultraviolett-Experte bist. Aber ich dachte, du kannst damit vielleicht doch was anfangen ...«

Hudson stand rasch auf, bemühte sich um ein Lächeln und erklärte Koskelo schnell die Grafik auf dem Computer, die anzeigte, welche Werte die Wetterbeobachtungsballons in der Nähe gemessen hatten. Koskelo war nämlich gekommen, um die Nachtschicht anzutreten. Hudson nahm den Papierstoß in Empfang und eilte in sein Arbeitszimmer.

Dort schaltete er seinen Laptop ein, dessen Bildschirmschoner eine Aufnahme vom Arecibo-Radioteleskop in Puerto Rico zeigte. Dabei handelte es sich um die zweitgrößte Satellitenantenne der Welt, mit einem Durchmesser von mehr als dreihundert Metern. Damit wurde kosmisches Rauschen empfangen und von Wissenschaftlern aus der ganzen Welt analysiert. Und nicht nur von

Wissenschaftlern, denn jeder, der sich die Mühe machte, ein kleines Programmpaket auf seinen Computer zu laden, konnte sich daran beteiligen. Dadurch wurde ein Computernetz geschaffen, das in der Lage war, eine immense Datenmenge zu verarbeiten.

Hudson las seine E-Mails, dann griff er zum Telefon.

»Hallo«, brüllte Robert Koch aus dem Hörer. »Ich bin im Auto beziehungsweise wir sitzen beide im Auto, die Freisprechanlage ist an.«

»Gut. Hört genau zu. Der Herr Doktor hat das Objekt untersucht, aber es ist nicht echt. Oder besser gesagt: Es ist nicht das Original. Das bedeutet, dass der Doktor das Ding suchen wird, also das echte Ding. Wir warten ab, denn er verfügt über gute Kontakte zu den Behörden. Ihr passt auf, was er tut. Wenn das Ding gefunden worden ist, meldet ihr euch wieder.«

Hudson beendete das Gespräch sofort wieder. Jetzt konnte man nur abwarten.

Er holte sich ein äußerst interessantes Funksignal auf den Bildschirm, das vom Arecibo-Radioteleskop im All aufgeschnappt worden war. Die Frequenz des etwa eine Minute dauernden Signals wechselte schnell, weshalb es sich vom üblichen kosmischen Rauschen stark abhob. Dasselbe, aus einer Entfernung von etwa tausend Lichtjahren kommende Signal, war bereits zwei Mal empfangen worden. Der Charakter des Signals faszinierte Hudson, aber er war ein viel zu erfahrener Wissenschaftler, um es vorschnell als Botschaft intelligenter Wesen zu deklarieren.

Museumsleiterin Jenni Saurimo kam aus der Dusche und stellte fest, dass sie ihr Handy im Auto vergessen hatte. Nur im Bademantel ging sie nach draußen und spürte, wie die Kälte auf der Haut stach. Vier Anrufe von einer ausländischen Nummer waren auf ihrem Handy eingegangen.

Nachdem sie wieder in der Wohnung war und sich angezogen hatte, klingelte das Telefon erneut. Der Anrufer war Doktor Meyer.

»Sehr verehrtes Fräulein Saurimo. Ich muss Ihnen leider mitteilen, dass es sich bei Ihrem Stab-Exponat um eine Nachbildung handelt, um eine gekonnt gemachte Kopie. Sind Sie sich dessen bewusst?«

Jenni Saurimo schluckte. Der Wissenschaftler klang sehr verärgert, sogar gekränkt. Allerdings war es von vorneherein klar gewesen, dass er innerhalb weniger Minuten die Kopie als solche erkennen würde.

»Es tut mir leid«, sagte Jenni Saurimo. »Aber der leitende Ermittler der Polizei hat mir untersagt, zu verraten, dass es sich bei dem Stab um eine Kopie handelt. Natürlich wusste ich, dass Sie es sofort sehen würden. Nun wissen wir aber tatsächlich nicht, wo sich der echte Gegenstand befindet.«

Jetzt verschlug es Meyer die Sprache. Die Museumsleiterin fuhr fort: »Die Polizei beruft sich auf ermittlungstechnische Gründe. Sie werden sicher verstehen, dass wir an einer lückenlosen Zusammenarbeit mit der Polizei interessiert sind?«

»Selbstverständlich. Aber das ist ja unerhört! Könnten wir uns vielleicht heute Abend noch sehen?«

Sie vereinbarten, sich gleich im Café des Fremdenverkehrszentrums zu treffen. Jenni Saurimo schnappte sich ihre Daunenjacke. Draußen war es noch kälter geworden, der alte Nissan würgte lange, bis er bereit war anzuspringen.

15

Auf dem Weg zum Ferienhaus knirschte der Pulverschnee unter Aaros Winterstiefeln. Die Kälte war so beißend, dass er joggte, um warm zu werden. Als er die Tür öffnete, brannte die kalte, trockene Luft in seiner Lunge.

Die anderen saßen bereits zum Abendtee am Tisch. Ihr Thema schien die Entführung des englischen Jungen zu sein, über die im Ferienort die absonderlichsten Gerüchte kursierten.

»Im Billardraum hat jemand gesagt, der Entführer hätte einen schwarzen Bart gehabt und eine samische Tracht getragen«, erzählte Julius, den Mund voller Marmeladentoast.

»Ich habe auf der Straße gehört, es wären zwei Entführer gewesen, und zwar mit absoluter Sicherheit Russen«, sagte Alan.

»Der arme Junge hat nicht die geringste Ahnung, wo er gewesen ist«, fügte Taina hinzu. »Aber wir werden von jetzt an immer die Tür an unserem Ferienhaus abschließen.«

»Man kann gar nicht glauben, dass es in dieser toten Wildnis hier so viel Action gibt«, wunderte sich Julius.

»Lappland ist keine Wildnis«, sagte Aaro, leicht genervt

vom verächtlichen Tonfall seines Cousins. »Allein hier in der unmittelbaren Umgebung leben so viele Leute, dass es einer mittelgroßen Stadt entspricht.«

»Eben. Einer mittelgroßen finnischen Stadt.«

Aaro aß rasch drei Brote und zog sich dann in das Schlafzimmer zurück, das für ihn und Julius vorgesehen war. Es schien also nicht allgemein bekannt zu sein, dass der Entführer Gregg nach einem Müllsack gefragt hatte. Vorfälle dieser Art heizten immer die Gerüchteküche an, und so war es auch jetzt.

Um seine Gedanken zu ordnen, versuchte Aaro seine Mutter in Genf anzurufen, wo sie in einem Teilchenforschungslabor arbeitete. Der Anruf ging auf die Mailbox, und Aaro hinterließ keine Nachricht, denn seine Mutter würde ihn ohnehin zurückrufen, wenn sie seine Nummer sah.

Er rief seinen Vater in Brüssel an und der meldete sich sofort. Wie üblich war er noch an seinem Arbeitsplatz, obwohl es auch in Mitteleuropa schon acht Uhr war.

Aaro schilderte ihm kurz die Situation, erzählte von dem samischen Stab, von dem, was er im Museum erfahren hatte, von dem komisch angezogenen deutschen Doktor und dem identischen ovalen Stein in Australien. Außerdem erklärte er, was er über die Kultur der Mayas und die mögliche Verwendung der Pyramiden als Weltallleuchttürme wusste. Seine Mutter wäre auf diesem Sektor allerdings die bessere Expertin.

Sein Vater hörte genau zu, doch seine Meinung zu dem Ganzen war nicht sonderlich motivierend. Er war schlicht und einfach der Ansicht, dass das zweifellos faszinierende Zusammentreffen mehrerer ganz gewöhnlicher Ereignisse in Aaros Kopf für eine fantastische Soße gesorgt hatte. Sein Vater lehnte die Konstrukte der New-Age-Bewegung über die Verwendung von Stonehenge als antikem Weltraumbahnhof strikt ab und wies mit Nachdruck darauf hin, dass Erich von Däniken seine Forschungsreisen schon mal mit ungedeckten Schecks bezahlt hatte.

Obwohl er dieser Meinung war, versprach er, einen Blick in ein paar Europol-Datenbanken zu werfen. Der deutsche Doktor weckte zwar nicht unbedingt sein Interesse, aber doch immerhin eine gewisse Heiterkeit.

Aaro wünschte seinem Vater eine gute Nacht und griff zu Plan B. Er hatte schon vorher gewusst, was sein Vater sagen würde. Es war nahezu unmöglich, alles am Telefon zu erklären, aber Aaro wusste nun einmal, dass die ganze Geschichte etwas sehr Dubioses an sich hatte.

Darum bestand die einzige Methode, vorwärtszukommen, darin, Hilfskräfte zu mobilisieren. Julius war in solchen Dingen nicht gut, außerdem ertrug Aaro seinen Cousin nicht länger als unbedingt nötig. Der einzige, der infrage kam, war Niko. Der war gerade bei einer Installationsfirma rausgeflogen und hatte eventuell Zeit.

Das Telefongespräch war schnell erledigt. Niko klang so, als könnte er ein bisschen Abwechslung gebrauchen, und erklärte, er sei am nächsten Vormittag um elf vor dem Hotel.

Jenni Saurimo parkte ihren Nissan vor dem Haupteingang des Fremdenverkehrszentrums und eilte in das Gebäude. Sie hatte gehofft, vor dem Deutschen da zu sein, aber Doktor Meyer wartete bereits mit aufgesetztem Lächeln auf einer großen Couch im Foyer. Sie setzten sich ins Café hinüber und Meyer stellte den Karton mit dem Stab auf den Tisch. Als wollte er seine Kompetenz unter Beweis stellen, nahm er den Gegenstand aus dem Karton und zeigte der Museumsleiterin die Stelle, wo die Farbe abgeplatzt war und den Kunststoff am unteren Ende des Stabs freilegte.

»Um das zu erkennen, braucht man nun wirklich keinen Wissenschaftler von Universitätsniveau, oder was meinen Sie, Fräulein Saurimo?«

Die Museumsleiterin spürte, wie ihr die Röte vom Pulloverkragen aus bis ins Gesicht kroch. Sie räusperte sich und sagte mit metallischer Stimme: »Ich bitte um Verzeihung, Herr Doktor. Aber bei uns in Finnland ist es üblich, mit der Polizei zu kooperieren, wenn sie einen darum bittet. In diesem Fall dürfte es wohl das Wichtigste sein, das Original wiederzubekommen.«

»Ganz recht. Wir müssen der Polizei helfen, so gut wir können. Darum sollten Sie versuchen, sich zu erinnern, was mit diesem Stab in Ihrem Museum passiert ist.«

»Passiert ist?«

»Ich meine, ob er in letzter Zeit umgestellt worden ist. Haben Sie ihn zwecks Ausstellungen an andere Museen verliehen? Wie lange ist der Stab schon bei Ihnen?«

Da fiel Jenni Saurimo etwas ein. »Einmal war der Stab

als Leihgabe in einer Wechselausstellung im samischen Museum Siida in Inari gewesen. Letztes Jahr im Frühling. Damals gab es einige Probleme.«

»Schildern Sie es mir genauer, wenn ich bitten darf«, sagte Meyer und lehnte sich auf seinem Stuhl zurück.

»Der Stab wurde von einer Spedition nach Inari gebracht, aber es gab ein Missverständnis. Zwar kam der Stab ans Ziel, doch erst nach drei Tagen, obwohl so ein Werttransport normalerweise innerhalb von einem Tag stattfindet.«

»Wird der Ablauf eines solchen Transports nicht nachvollzogen und dokumentiert?«

»Doch, eigentlich schon. Aber damals hatte die Firma mit einem Computervirus zu tun und wir konnten den Transport eben nicht nachverfolgen.«

Doktor Meyer schmunzelte. »Der Fall scheint klar zu sein. Jemand hat damals den Stab an sich gebracht und die Kopie angefertigt. Man hat eine Form hergestellt und mit deren Hilfe einen Kunststoffguss gemacht.«

»Aber das ergibt doch überhaupt keinen Sinn«, widersprach Jenni Saurimo. »Es wär logisch gewesen, wenn jemand damals die Kopie gegen das Original getauscht und das Original dann behalten hätte.«

»Stimmt. Aber womöglich wurde die Kopie aus anderen Gründen hergestellt. Etwa als Köder für jemanden.«

»Heute war ein Junge im Museum, der sich für Geschichte interessierte. Aus irgendeinem Grund vermutete er, es könnte mehrere solcher Stäbe geben.«

Das Auge des Deutschen blitzte hinter der Metallbrille auf. Jenni Saurimo vermied es, auf das undurchsichtige Glas vor dem linken Auge des Doktors zu schauen.

»Was für ein Junge? Wie alt?«

»Vielleicht zwischen vierzehn und sechzehn. Er nannte seinen Namen nicht, und ich habe auch nicht danach gefragt. Bei uns in Finnland ist es ganz normal, dass man sich unterhält, ohne sich gegenseitig vorzustellen. Ich weiß nicht einmal, wo er wohnt, oder ob er überhaupt hier im Feriengebiet untergebracht ist.«

Meyer murmelte etwas vor sich hin und erhob sich dann abrupt. Für sein Alter ist er überraschend flink, dachte die Museumsleiterin.

»Es tut mir leid, Ihnen eine Enttäuschung bereitet zu haben«, fuhr sie fort. »Aber es handelt sich nun einmal um eine Polizeiangelegenheit.«

»Ich gebe Ihnen hiermit die wertlose Kopie zurück«, sagte Meyer und versetzte dem Karton einen leichten Schubs. »Wenn Sie etwas Neues hören, setzen Sie sich unverzüglich mit mir in Verbindung! Und sagen Sie der Polizei, sie soll sich beeilen! Ich werde meinen Flug verschieben, damit ich den echten Stab untersuchen kann.«

»Sie sind ein Optimist. Ich würde mich nicht darauf verlassen, dass der Fall so schnell aufgeklärt wird. Die Polizei hat bislang kaum Hinweise.«

Der Blick des Doktors wurde noch schärfer als zuvor. »Der Stab ist weg, und die Pflicht der finnischen Polizei besteht darin, ihn zu suchen. Und wenn er gefunden wird, muss seine Bewachung intensiviert werden. Man muss

Sondermaßnahmen ergreifen, das ist zu unser aller Vorteil.«

Der Doktor ließ ein mehrdeutiges Lächeln auf seinem Gesicht aufblitzen und verließ mit polterndem Gehstock das Foyer.

Jenni Saurimo bestellte sich irritiert eine Tasse Tee und blieb noch eine Weile mit der Fälschung in der Hand sitzen. Meyers Verhalten verwunderte sie. *So* wichtig konnte der Stab nun auch wieder nicht für ihn sein. Oder etwa doch?

16

Nachdem er den BBC-Podcast gehört hatte, war Aaro auf dem neuesten wissenschaftlichen Stand, was die Maya-Kultur angeht, und schaltete an seinem iPod auf Radio um. Es war gegen elf Uhr am Abend und in Lappland schien es keinen vernünftigen Radiosender zu geben. Er ließ ein Wunschkonzert laufen, in dem Tanzmusik und traurige finnische Schlager gespielt wurden. Die Musik war so schlecht, dass man sich darüber aufregte, und das hielt wach.

Taina und Alan waren von der frischen Luft so betäubt, dass sie schon schliefen, das Gleiche schien auch für Julius zu gelten, der im Bett gegenüber schnarchte. Aaro drehte den »Tanz der Waldarbeiter« leiser und holte den schwarzen Müllsack unter dem Bett hervor. Vorsichtig wickelte er den Stab aus und legte ihn auf den Schreibtisch.

Mit den Fingern strich er über die polierte Oberfläche. Die Darstellungen der Himmelskörper waren mit einem besonders scharfen Messer oder Stechbeitel in das harte Holz geschnitten worden. Was war das für ein Symbol ganz unten, unterhalb des Kreises, der den Mond darstellte?, fragte sich Aaro. Es sah aus wie ein kleiner Frosch. Er erinnerte sich, einmal einen Dokumentarfilm über Symbole in verschiedenen Kulturen gesehen zu haben. Da hatte es auch einen Frosch gegeben, der die Welt auf seinen Schultern trug. Das war gar nicht so weit von der Vorstellung des Polarnagels entfernt, um den herum sich das ganze Universum drehte.

Aaro befühlte die Messingspitze an einem Ende des Stabs. War der Stab wirklich ein Symbol des Polarnagels? Dann ließ er die Finger nach unten gleiten, bis zu dem etwa fünf Zentimeter langen ovalen Stück, das wie ein Stein aussah, aber offenbar aus Metall war. Die eingravierten Linien und kleinen Zeichen kribbelten geradezu unter den Fingern. Das Metall war äußerst glatt geschliffen oder gegossen worden, eben steinartig, bevor man mit einer sehr scharfen Spitze die sich schneidenden Linien und die Punkte dazwischen eingraviert hatte.

Handelte es sich womöglich um Edelmetall, gar um Gold? Blei war es wohl nicht. Allerdings erinnerte die Farbe eher an einen dunkelbraunen Topas, einen Halbedelstein, den Aaro als Kind an einer Brosche seiner Großmutter gesehen hatte. Er wog den Stein in der Hand. Er war wirklich schwer.

Vielleicht konnte man vom unteren Rand eine Probe nehmen und untersuchen lassen?

Aaro erinnerte sich, dass Julius mit seinem neuen Leatherman-Messer aus gehärtetem, rasierklingenscharfen Stahl angegeben hatte. Er suchte auf dem Tisch und ganz vorsichtig auch in Julius' Rucksack danach, doch vergebens. Also trat er zu Julius ans Bett und rüttelte ihn wach.

»Julius, wo ist dein neues Messer?«, flüsterte er. »Ich möchte eine Probe von dem Stab nehmen.«

Sein Cousin richtete sich halb auf und öffnete die Augen einen Spaltbreit. »Wenn ich noch ein Wort von dem Prügel höre, schmeiße ich ihn in den Wald …«, fauchte er und ließ sich wieder aufs Kissen fallen.

Eingeschnappt suchte Aaro weiter und fand das Messer schließlich in Julius' Kleiderhaufen. Das Lederetui, in dem es steckte, war am Gürtel einer Hose befestigt.

Vorsichtig nahm Aaro das Multi-Tool in die Hand. Er wusste, dass man sich mit diesen Dingern leicht verletzte, wenn man nicht aufpasste. Man musste die Instrumente in aller Ruhe aufklappen, schauen, in welcher Reihenfolge Schere, Schraubenzieher, Nagelfeile und Korkenzieher zum Vorschein kamen, und dann diejenigen, die man nicht brauchte, wieder einklappen.

Schließlich hielt er ein superscharfes Messer in der Hand, in das auch eine Säge eingeschliffen war. Der Lappland-Sender spielte jetzt finnischen Rock und Aaro drehte den iPod etwas lauter. Er fing an, am unteren Teil des ovalen Stücks einen kleinen Span abzuschaben.

Besonders hart schien das Metall nicht zu sein, die Klinge schaffte es, langsam einzudringen. Plötzlich knisterte es unangenehm in Aaros Ohren und die jaulende Stimme des Sängers brach kurz ab.

Aaro wunderte sich über den schlechten Empfang, setzte aber die Arbeit fort. Der Stab war jetzt wichtiger als die Hintergrundmusik. Da knisterte es wieder im Radio und Aaro schrak zurück. Es war, als hätte die Berührung des

Messers mit dem Metallstück die Störung des Radiosignals verursacht!

Aaro hielt das Messer weit vom Stab weg und führte es dann langsam näher heran. Die Musik lief ungestört weiter. Aaro drehte lauter und legte das Messer aufs Metall. Wieder knisterte es im Radio.

Aaros Puls fing an zu rasen.

17

Doktor Hans Meyer trat leicht auf die Bremse und die Spikes des Kia-Kombi griffen in den vereisten Schnee. Er fuhr vorsichtig, denn kurz zuvor wäre er fast gegen einen Lada geprallt, der in einer Kurve den Geist aufgegeben hatte. Vom Fjällgebiet zum geophysischen Observatorium in Sodankylä waren es ungefähr hundert Kilometer. Dank der Sterne und des Schnees konnte man auch in der Nacht einigermaßen sehen. Meyer war noch nie in Sodankylä gewesen, aber mithilfe des Navigators würde er in zwei Stunden dort sein, schätzte er.

Aaro starrte auf den Stab. Löste das Messer die Störung aus? Wirkte es auf dem Metall wie eine Art Antenne?, fragte er sich verblüfft.

Womöglich enthielt der Gegenstand einen giftigen oder radioaktiven Stoff. Aaro musste an den ehemaligen KGB-Agenten Alexander Litwinenko denken, der in London mit radioaktivem Polonium vergiftet worden war. Aber das konnte hier nicht der Fall sein, denn Tausende Besucher hatten den Stab im Museum aus nächster Nähe gesehen. Wäre er radioaktiv, hätten mit Sicherheit viele Leute Symptome gezeigt.

Aaro beschloss, mit dem alten Radiowecker auf dem Tisch einen Test durchzuführen. Er schaltete ihn ein, drehte die Lautstärke auf null und führte den Metallteil des Stabs an das Radiokabel heran. Und tatsächlich: Das Radio knisterte. Es war nicht einmal der Kontakt mit dem Messer nötig, die Nähe des Radios allein genügte.

Das äußerst seltsame Phänomen beschleunigte Aaros Herzschlag immer mehr.

»Was, um Himmels willen, treibst du hier?«, fragte Tante Taina plötzlich in seinem Rücken. Sie hatte sich in ihrem Baumwollnachthemd ins Zimmer geschlichen.

»Ich?«, fragte Aaro mit bebender Stimme. »Ich suche nur einen guten Radiosender, aber es scheint keinen zu geben«, erklärte er und versuchte dabei, den Stab mit seinem Körper zu verbergen.

»Leg dich schlafen! Es ist halb zwölf und morgen gehen wir in die Loipe«, sagte Taina müde und zog sich wieder in ihr Schlafzimmer zurück.

Aaros Hände schwitzten, als er den Stab unter dem Bett verstaute. Wenn der so sonderbare Eigenschaften hatte, war es kein Wunder, dass jemand hinter ihm her war.

Aaro überlegte kurz, ob er Scott Donovan in Australien von seiner Entdeckung berichten sollte, hielt es dann aber für sinnlos, denn dem war der entsprechende Stein ja bereits gestohlen worden.

Hans Meyer fuhr durch die menschenleere Innenstadt von Sodankylä, bog in die Orajärventie ein und folgte dem Fluss in südlicher Richtung. Es hatte angefangen zu schneien, und der Doktor wischte sich das Auge. Es tränte leicht bei Anstrengung und Nachtfahrten taten ihm nicht gut.

In einem großen Fenster im ersten Stock des Polaria-Forschungszentrums brannte Licht. Das musste der Dienstraum sein. In einem kleineren Fenster weiter rechts brannte ebenfalls Licht, dort befand sich vermutlich der Raum, in dem er sich melden sollte.

Meyer stellte sein Auto auf dem Parkplatz ab. Im Fenster des Dienstraums war niemand zu sehen. Hudson hatte gesagt, die Finnen seien unwahrscheinlich neugierig, ließen andere aber ihre Arbeit machen, ohne sich einzumischen. Mit anderen Worten, es würde niemand auf einen nächtlichen Besucher reagieren. Der Doktor betrachtete das neue Forschungsgebäude und fragte sich, wie es wohl wäre, an so einem einsamen Ort zu forschen. In Sodankylä wurden wichtige Erkenntnisse gewonnen, unter anderem über das Magnetfeld, über kosmische Strahlung und über das kosmische Rauschen von Radiosternen. Das Institut hatte an vielen Stellen Beobachtungsstationen, von Südfinnland bis Spitzbergen.

John Hudson empfing ihn in der Eingangshalle. Der glatzköpfige, kräftige Amerikaner wirkte nervös. Zuerst brachte er Meyer zum Dienstraum. Sie grüßten den dort sitzenden finnischen Wissenschaftler und schlossen sich dann in Hudsons Arbeitszimmer ein. Meyer kam sofort zur Sache, denn er war noch immer außer sich.

»Ich komme gleich auf den Punkt, John. Das Thema ist sehr unangenehm. Wem hast du von der Existenz des Stabs erzählt?«

Hudson sah ihn unruhig an. Sie hatten seit zig Jahren beruflich miteinander zu tun, waren aber keine engen Freunde.

»Robert Koch weiß davon«, sagte Hudson. »Ohne ihn wären wir nicht klargekommen. Er ist auch in Finnland. Du verstehst doch, um was für einen wichtigen Fund es sich handelt. Das Objekt kann …«

»Du brauchst mir keine Vorlesung zu halten, John. Befindet sich der Stab jetzt bei Koch? Und falls ja – wo ist Koch?«

Hudson schien die elektrischen Kerzen auf der Fensterbank mit den Augen zu fixieren. »Koch hat den Gegenstand nicht mehr. Er hatte ihn, aber sein Helfer, der auch früher schon ähnliche Situationen vermasselte, hat ihn verloren …«

»Verloren! Das darf nicht wahr sein! Wo hat er ihn verloren?«

»Vermutlich im Wald.«

»Im finnischen Wald!«, seufzte Meyer. »Dann müssen wir ja nur dreihunderttausend Quadratkilometer absuchen. Wahrscheinlich schickt ihr dafür Marineinfanteristen über den großen Teich?«

Meyer verstummte, keuchend vor Aufregung.

Hudson starrte in die lappische Nacht hinaus, dann sagte er leise: »Weißt du, Hans, manchmal habe ich das Gefühl, dass ich mich von den Kerlen aus der Armee lieber fernhalten möchte …«

»Das hättest du dir überlegen sollen, bevor du Koch von dem Fund erzählt hast. Und mir davon, dass du Koch auf die Suche nach dem Stab geschickt hast.«

Meyers Stimme zitterte vor Erregung und Enttäuschung. Er lehnte Hudsons Angebot ab, im Gästezimmer zu übernachten, und machte sich auf den Rückweg. Er fühlte sich überhaupt nicht müde, Hudsons Neuigkeiten hatten alle Müdigkeit vertrieben. Die Amerikaner hatten also den Stab gehabt, hatten ihn jetzt aber nicht mehr, wegen der Schusseligkeit von Kochs Handlanger. Das hieß, dass Meyer nun selbst deutlich größere Chancen hatte, den Originalgegenstand zu finden.

Er hatte ein paarmal mit Robert Koch zu tun gehabt, weil er dessen Behörde als Experte zur Verfügung stand. Koch arbeitete für die geheime UFO-Beobachtungseinheit Unit 6 der US-Luftwaffe, die sich allerdings zu 99 Prozent mit nichtigen Fällen beschäftigte.

Dafür berührte das eine Prozent umso faszinierendere Dinge, und nur wenn so etwas vorlag, setzte sich Koch selbst in Bewegung und suchte verschiedene Orte in den USA auf – und in ganz außergewöhnlichen Fällen auch weiter weg.

John Hudson sah zu, wie die Rücklichter von Meyers Auto in der Nacht verschwanden. Dann schaute er auf die Uhr. Es war fast vier Uhr nachts. Er griff zum Telefon und rief eine Nummer in den USA an.

»Der Doktor war hier, hat die Information bekommen und fährt jetzt wieder zurück«, sagte Hudson.

»Gut. Wir sagen Koch Bescheid«, antwortete der Mann am anderen Ende der Leitung und legte auf.

18

Hudsons Anruf war im Bunker eines Gebäudekomplexes entgegengenommen worden, der in der Hitze der Wüste von New Mexico stand. Die Uhr im Kontrollraum des Bunkers zeigte 18.20.

Die Tätigkeit der UFO-Beobachtungseinheit, die zum Forschungszentrum Kirtland der US-Luftwaffe gehörte, war seit ihrer Gründung in den Fünfzigerjahren geheim. Sorgfältig ausgewählte Wissenschaftler und Experten wussten von Unit 6 und arbeiteten mit ihr zusammen, aber gegenüber der Öffentlichkeit war ihre Existenz nie bestätigt worden, auch wenn seit Jahrzehnten Gerüchte darüber im Umlauf waren.

Der Diensthabende, der vor großen Kartenmonitoren saß, notierte die Uhrzeit und den Inhalt von Hudsons Anruf in der Logdatei. Danach rief er gnadenlos Koch an, obwohl es in Finnland 4.20 Uhr nachts war.

»Meyer war wegen des Stabs bei Hudson«, sagte der Mann an den Monitoren zu Koch.

»Gut«, antwortete Koch erleichtert. »Wir warten ab.«

Auf einer Panoramakarte sah der Diensthabende vier Punkte: je einen im finnischen Lappland, im australischen Perth, im Süden von Guatemala und im indischen Surat. Die drei ersten Punkte waren grün, der in Indien gelb.

Die Abendsonne vergoldete die Ruine des Maya-Tempels, der vor Professor Campbell-Hewitts Augen aus dem Grün des Dschungels von Guatemala aufragte.

Normalerweise beruhigte ihn der Anblick, aber jetzt ging er hastig in das kleinste Zelt des Lagers, wo das Satellitentelefon stand. Er war müde, denn er hatte in der Nacht zuvor kein Auge zugetan und den ganzen Tag mit Büchern, am Computer und am Telefon verbracht. Unter anderem hatte er mit einem Kollegen von der Universität Yale über die uralte Steinritzung gesprochen, die einen käferförmigen Gegenstand darstellte.

Genau so einen Gegenstand hatte der Helikopter der US-Luftwaffe aus dem Urwald geholt. Wer hatte ihn entdeckt? Warum hatte man die Archäologiewelt nicht über den sensationellen Fund informiert?

Campbell-Hewitt blätterte in seinem Adressbuch, tippte dann Doktor Meyers Nummer und nannte seinen Namen, als am anderen Ende abgenommen wurde.

»Ich weiß, wer Sie sind, Herr Professor«, sagte Meyer überrascht zu Campbell-Hewitt.

»Ich befinde mich gerade in einem Forschungscamp in Guatemala und hätte nie geglaubt, dass ich einmal so ein Telefonat führen würde«, sagte der Professor mit belegter Stimme. »Aber es sieht so aus, als stünden wir vor einer historischen Sensation.«

Der Professor erzählte von der Operation des US-Militärs und der bestürzenden Tatsache, dass der Gegenstand, den der Hubschrauber mitgenommen hatte, genau so aussah, wie eine Darstellung in der 1932 entdeckten Steinritzung im unvollendeten Tempel von Aguateca.

»Sie haben diese Dinge erforscht, Doktor Meyer, darum möchte ich Ihre Meinung hören. Kann es sich tatsächlich um das handeln, wonach es aussieht? Die Aktivitäten der US-Armee deuten darauf hin.«

Meyer schloss die Augen. »Ich bin vom Zeitpunkt Ihres Anrufs überrascht. Auch hier in Finnland geht etwas äußerst Außergewöhnliches vor. Und ich befürchte, dass Ihre Beobachtung in Guatemala mit unserem Fund in Lappland im Zusammenhang steht.«

ZWEITER TEIL

19

Der Ford Sierra, der vor dem Holzhaus anhielt, hatte seine besten Tage längst hinter sich, war aber blitzsauber und sorgfältig gewachst. Unglaublich, dachte Aaro am Fenster, denn es war erst zehn Uhr am Vormittag. Niko musste die Nacht durchgefahren sein.

Tatsächlich stieg er schwerfällig aus, streckte sich hingebungsvoll im Dämmerlicht des Polarwintermorgens und betrat dann erst das Ferienhaus. Aaro erledigte schnell die Vorstellungsrunde und sagte seiner Tante Taina, er könne leider nicht mit zum Skilaufen kommen, weil er dem überraschenden Besucher die Umgebung zeigen müsse. Taina wollte das zuerst nicht akzeptieren, willigte aber schließlich ein, weil Julius behauptete, er habe Bauchschmerzen, und auch nicht mitkam.

»Wo ist denn nun der komische Prügel?«, wollte Niko wissen, als er eine Tasse Kaffee vor sich stehen hatte.

Taina sah ihn verwundert an, und Aaro musste sich beeilen, eine Erklärung zu finden. »Da drüben im Wald gibt es alle möglichen krummen und verdrehten Bäume. Wenn du gefrühstückt hast, können wir ja ein Stück an der Motorschlittenbahn entlanggehen. Die Natur ist echt toll hier.«

Nach dem Frühstück zogen Taina und Alan ihre Anoraks an, nahmen die Skier auf die Schulter und machten sich auf den Weg zur Loipe. Julius blieb am Tisch sitzen und spielte mit seinem Handy. Aaro nahm den müden Niko mit nach draußen und führte ihn in den Holzschuppen, wo er den mysteriösen Stab inzwischen unter den Birkenscheiten versteckt hatte. Außer Aaro kam niemand hierher, er war alleine fürs Holzholen zuständig, weil Julius sich weigerte, einen solchen Verschlag zu betreten. Aaro nahm einige Scheite vom Stapel und brachte einen in Blisterfolie eingewickelten Gegenstand zum Vorschein.

»Hier ist er. Ein samischer Kultstab«, erklärte Aaro beim Öffnen des Pakets.

Julius machte sich zwar nicht gern die Finger schmutzig, neigte aber zu Neugier, weshalb er Aaro und Niko gefolgt war und nun von außen mit einem Stück Holz gegen die Wand schlug.

»Ihr seid verhaftet!«

»Komm nur rein«, sagte Aaro genervt. Sein Cousin war zwei Jahre älter, aber so kindisch, dass man nur staunen konnte.

Julius machte ein Gesicht, als wär sein Streich weiß Gott wie genial gewesen. Er blickte auf den Stab, den sich Niko mit müden Augen ansah, und sagte:

»Diese Karikatur von einem Souvenir scheint dich ja wahnsinnig zu interessieren, Aaro. Und ich dachte schon, ihr hättet was viel Spannenderes hier im Schuppen versteckt …«

Niko brummte etwas, das man nicht verstand. Aaro dachte, dass sein Freund unbedingt ein bisschen Schlaf nötig hätte. Aber vorher mussten sie nach Kittilä fahren.

»Ich werde jetzt mal ein bisschen Billard spielen gehen«, sagte Julius.

»Nimm einen Armvoll Holz mit, wenn du schon mal hier bist«, meinte Aaro.

Nachdem der Cousin mit genau drei kleinen Scheiten abgezogen war, schaltete Aaro das Radio in seinem iPod an und hielt es dicht an den Stab. Sofort zerschnitt das knisternde Störgeräusch die trockene Winterluft. Triumphierend sah er Niko an. Der reagierte in keiner Weise.

»Hast du gehört? Er verursacht Störungen im Radioempfang. Bei dem Radiowecker drinnen ist es genauso.«

»Na und? Vielleicht ist er bloß ein bisschen magnetisch.«

Nikos lasche Einstellung ärgerte Aaro. Er zog einen kleinen Beutel aus der Jackentasche. Darin bewahrte er den kleinen Metallspan auf, den er von dem Stab abgeschabt hatte.

»Das stammt von dem ovalen Metallstück hier. Auf der Unterseite ist es gelblich. Vielleicht Gold … Wir müssen es so schnell wie möglich untersuchen lassen.«

»Du hast an historischen Relikten herumgekratzt?«, fragte Niko mit gespieltem Entsetzen.

»Not kennt kein Gebot«, sagte Aaro und setzte sich auf den Beifahrersitz des Sierra.

Seit er etwas von Gold gehört hatte, wirkte Niko wieder munterer, außerdem war hinter dem Lenkrad sein Lieblingsplatz. In dem Zustand würde er die zehn Kilometer bis in die Ortsmitte von Kittilä innerhalb weniger Minuten fahren.

Julius war mit dem Shuttlebus zum Supermarkt gefahren und wartete nun im Windfang darauf, dass ein Spielautomat frei wurde. Alte Lappländer mit Pelzmützen hatten die Automaten belagert und schwatzten miteinander. Ab und zu sahen sie grinsend zu Julius hinüber, der so tat, als existierten sie gar nicht.

Plötzlich zog ein alter Mann in grünem Lodenmantel, Reithosen und Gamaschen Julius' Interesse auf sich. Hinter der Brille des Mannes sah man nur ein Auge, das allerdings einen stechenden Blick hatte. Das andere Auge wurde von undurchsichtigem Milchglas verdeckt.

Der Mann ging direkt auf das Schwarze Brett zu, schob ein paar kleinere Anzeigen zur Seite und befestigte an ihrer Stelle einen eigenen Zettel.

Nachdem der seltsam gekleidete Tourist wieder weg war, las Julius, was auf dem Zettel stand. Er musste tief Luft holen, denn vor sich sah er das Schwarz-Weiß-Foto eines Gegenstands, der genauso aussah wie der samische Kultstab, den Aaro im Holzschuppen versteckt hielt. Unter dem Bild stand in Schönschrift auf Deutsch, Englisch und Finnisch: *Antiker Gegenstand verschwunden! Belohnung für Hinweise 50,00 €. Finderlohn 500,00 €*.

Julius speicherte die auf dem Zettel angegebene Nummer in seinem Handy und machte sich sofort auf den Weg.

Doktor Hans Meyer saß in seinem Ferienhäuschen in einem mit Lammfell gepolsterten Sessel. Im nordischen Winterlicht wirkte der Wald vor dem Panoramafenster fast bläulich. Meyer ließ nachdenklich das Handy sinken.

Campbell-Hewitt konnte keine zusätzlichen Informationen zu seiner Entdeckung in Guatemala liefern. Meyer hatte auch schon zwei Mal in New Mexico bei der Unit 6 angerufen, aber wie erwartet verweigerte sein Kontaktmann dort jede Auskunft. Das galt nicht nur für die Vorgänge in Guatemala, sondern auch für den Fund in Lappland.

Meyer nahm seinen Laptop auf den Schoß. Der Bildschirm zeigte eine Steinritzung, die man im Maya-Tempel von Aguateca gefunden hatte. Man konnte die Gestalt eines Käfers erkennen. Meyer selbst hatte die Darstellung in einem seiner Bücher kommentiert und als sehr außergewöhnlich bezeichnet. Es gehörte nämlich nicht viel Fantasie dazu, um darin auch etwas ausgesprochen Technisches und Modernes zu erkennen.

Fieberhaft dachte er über seine Theorie nach. Könnte das möglich sein?

20

»Hier haben schon wahnsinnig viele Künstler gewohnt«, sagte Aaro, während Niko einen Parkplatz suchte. »Reidar Särestöniemi, Kalervo Palsa, Einari Junttila …«

Aaro legte die Reisbroschüre in die Mittelkonsole und Niko parkte vor einem Juweliergeschäft erstklassig rückwärts ein. »Was will man hier auch sonst machen außer Kunstkram?«

Aaro öffnete die Tür zum Juweliergeschäft. Ein Messingglöckchen ertönte und meldete das Eintreten eines Kunden. Im ganzen Laden waren Schmuck und Uhren in Vitrinen aus einfachem Glas verteilt, die Citizen-Uhren hingen gar offen an einem Ständer und konnten von jedem angefasst werden. Man sah, dass das Böse noch nicht bis Kittilä, dieses Städtchen im Norden Finnlands, vorgedrungen war. Aaro fragte sich, ob es überhaupt eine Alarmanlage in dem Geschäft gab.

Ein alter Mann mit Glatze kam mit kleinen Schritten aus dem Hinterzimmer. Von dort schien eine Tür in die Privatwohnung des Goldschmieds zu führen, denn es wehte leckerer Essensgeruch herein.

»Guten Tag. Was darf es sein?«, sagte der Goldschmied.

Aaro nahm den Plastikbeutel aus der Tasche und ließ

das kleine Metallstück darin auf die Glasplatte gleiten. Der Goldschmied nahm es mit einer Pinzette, klemmte sich eine Lupe ins linke Auge und begutachtete das Objekt.

Sein Urteil kam innerhalb weniger Sekunden. »Gold ist das nicht, Freunde. Das wolltet ihr doch fragen, oder? Wart ihr im Herbst Goldwaschen oder wo habt ihr das her? Nein, das muss irgendeine Legierung sein.«

»Entschuldigung, was bitte?«, fragte Aaro. Niko sah sich inzwischen die Uhren im Schaufenster an.

»Eine Metallmischung ... das heißt ... sicher bin ich mir da nicht ...«

Der Goldschmied untersuchte die Probe mit zunehmender Aufmerksamkeit. Er schraubte eine kleine Flasche auf, entnahm ihr mit einer Pipette etwas Flüssigkeit und ließ einen Tropfen auf den Metallspan fallen.

Aaro sah genau zu, was der Mann tat. Er testete die Probe noch mit einer anderen Chemikalie und legte sie dann unter ein starkes Vergrößerungsglas mit heller Beleuchtung.

»Wo hast du das gefunden, mein Junge?«

Bevor sich Aaro eine vernünftige Antwort ausdenken konnte, erschien die Frau des Goldschmieds mit Lockenwicklern an der Tür. »Essen ist fertig, Vilho.«

»Ich habe noch zwei Kunden«, rief der Mann über die Schulter hinweg. Aaro registrierte außer Fleischsoße auch den Duft von frischem Brot. Prompt knurrte ihm der Magen.

»Was für ein Material ist es denn nun?«, fragte er vorsichtig.

»Das würde ich auch gern wissen. Wo hast du das her?«

»Ich habe ein größeres Stück davon im Wald gefunden. Das ist nur eine Probe.«

Der Goldschmied nahm die Lupe aus dem Auge. Sie hinterließ einen roten Ring.

»Ich bin sehr neugierig. Mein Neffe ist Wissenschaftler im Labor des Staatlichen technischen Forschungszentrums STF in Oulu. Für ihn wäre es sicher kein großes Problem, das Material zu analysieren, die haben dort die besten Apparate, die es in Finnland gibt, und sie kennen sich aus.«

Aaro sah den Goldschmied erstaunt an. Er traute seinen Ohren nicht. »Ehrlich wahr?«

»Mein Neffe heißt Pentti. Ich schreibe seine Nummer auf die Rückseite meiner Visitenkarte«, sagte der Mann.

Aaro bedankte sich, steckte die Karte ins Portemonnaie und zog bei der Gelegenheit die kleine Zeichnung heraus, die er von den Linien und Darstellungen auf dem ovalen Teil des Stabs gemacht hatte.

»Erinnert Sie das an etwas?«, fragte Aaro leise, denn in dem Moment betrat eine Gruppe Japaner den Laden.

Der Mann schüttelte zunächst den Kopf, aber dann leuchteten seine Augen auf. Er antwortete ebenfalls leise: »Zwei solcher Steinlinien gibt es angeblich am Südhang des Fjälls Näkkäläpahta. Normalerweise wird nicht darüber geredet, aber dort befindet sich eine Kultstätte. Ich kenne mich mit diesen Dingen nicht aus, aber es gibt immer jemand, der Bescheid weiß ...«

Nun drang die erste Japanerin bis zur Theke vor und

deutete auf Schmuck mit samischen Motiven. Aaro dolmetschte, was das Zeug hielt, weil der Goldschmied kaum Englisch sprach. Eine Viertelstunde später verließen glückliche Touristen mit Ohrringen und Ketten aus Almandin-Granat den Laden. Der Goldschmied schien mit dem Geschäft, das er mithilfe von Aaros Übersetzung gemacht hatte, so zufrieden zu sein, dass sich Aaro traute, noch ein paar Fragen zu stellen. Niko war mittlerweile ins Café nebenan verschwunden.

»Wer könnte denn etwas über diese Darstellungen wissen?«, fragte Aaro.

»In der Kätkäjärventie wohnt eine gewisse Unna. Sie bezeichnet sich selbst als Schamanin, wenn es ihr gerade einfällt. Früher hat sie bei Touristen Lapplandtaufen durchgeführt, aber nun ist sie schon seit Jahren nicht mehr im Geschäft.«

»Ist diese Unna eine echte Samin?«, wollte Aaro wissen, während er die Adresse notierte.

Der Goldschmied lachte. »Nein, nein, die ist vor gut dreißig Jahren aus dem Süden hierhergekommen. Mit der Eisenbahn. Aber sie kennt die Kultstätten, sie hat massenweise Bücher über samische Zaubersprüche und solche Sachen im Regal stehen.«

Die Frau des Goldschmieds, eine kleine, dunkelhaarige Person, tauchte erneut an der Tür auf. »Hörst du schlecht? Das Essen brennt gleich an.«

Aaro bedankte sich für die Informationen und verließ das Geschäft. Er sah Niko im Café Zeitung lesen und rief als Erstes Pentti Järvinen, den Neffen des Goldschmieds, im Forschungslabor des STF in Oulu an. Järvinen versprach tatsächlich, die Probe zu analysieren, vorausgesetzt, man schicke sie ihm nach Oulu. Aaro bedankte sich und ging zur Post, wo er einen gepolsterten Umschlag kaufte, in dem er den Metallspan nach Oulu schickte.

Erst danach ging er ins Café, um Niko zu holen. Der musste jetzt erst mal schlafen, damit er am Abend wieder einsatzfähig war.

21

Robert Koch war über die Mitteilung aus Kirtland sehr zufrieden. Hudson hatte gemeldet, Doktor Meyer sei ernsthaft hinter dem Stab her. Das hatte also geklappt. Jetzt musste es einfach so weitergehen.

Bob Rose stoppte den roten Honda CR-V vor dem Haupteingang des Fremdenverkehrszentrums – wie immer mit unnötig abrupter Bremsung.

»Besser, du wartest auf dem Parkplatz, Bob«, sagte Koch zu Rose, der eine Wollmütze und eine Sonnenbrille trug. »Sie haben dich auf jeden Fall in der Überwachungskamera, und wir können nicht das Risiko eingehen, dich von hier wegschicken zu müssen. Gut möglich, dass wir dich noch eine Weile brauchen.«

Rose nickte. Er war noch wortkarger als sonst, nachdem ihm der Müllsack mit dem Stab abhandengekommen war. Sobald Koch ausgestiegen war, fuhr er auf den Parkplatz und stellte den Honda in der hintersten Ecke ab.

Wieder brachte ein Reisebus eine neue Ladung mitteleuropäischer Touristen vom Flughafen Kittilä in die Ferienanlage. Die mit Pelzen, hochhackigen Stiefeln und großen Sonnenbrillen ausstaffierte internationale Gruppe verstopfte alles.

Koch setzte die Sonnenbrille ab und bahnte sich einen Weg zum Museumseingang. Er hatte sich bis dahin noch nicht im Fremdenverkehrszentrum und dem angeschlossenen Hotel blicken lassen, weshalb er sich ohne Weiteres als Tourist ausgeben konnte.

Im Museum herrschte geschäftiges Treiben. Eine blonde, relativ junge Frau schleppte Kartons, eine ältere Frau half ihr bei der Arbeit. Es wurde eine neue Ausstellung aufgebaut, und die Glastür zum Museum stand zwar offen, doch ein Zettel an der Tür besagte, vorläufig sei Besuchern der Zutritt nicht gestattet.

Koch ging trotzdem hinein. Zunächst bemerkten ihn die beiden Frauen gar nicht, doch er erspähte sogleich einen Karton, auf dem ein Stab lag, der ihm bekannt vorkam. Koch ging hin, um ihn sich genauer anzusehen. Am unteren Ende war etwas Farbe abgeplatzt und gab die weiße Kunststoffmasse frei, aus der man den Stab gegossen hatte.

»Leider ist das Museum geschlossen«, sagte eine weibliche Stimme hinter ihm.

»Ist dieser Gegenstand hier nicht ein bisschen zu wertvoll, um ihn einfach offen herumliegen zu lassen?«, fragte Koch und deutete auf den Stab.

»Das ist bloß eine Kopie«, sagte die Frau. Auf ihrem Namensschild stand Jenni Saurimo. »Das Original ist …«

Sie sprach den Satz nicht zu Ende, als wäre ihr gerade ein Gedanke gekommen oder als bereute sie ihre leichtfertigen Worte. Dann richtete sie ihre Aufmerksamkeit auf den Museumseingang, weil sie dort einen blonden

Jungen stehen sah. Er las den Zettel an der Tür und machte auf dem Absatz kehrt.

Jenni Saurimo eilte ihm hinterher. »He, du! Komm rein, wir arrangieren nur die Ausstellung neu.«

Koch musterte interessiert den Jungen, der am Museumseingang mit der Frau sprach. Selten hatte Koch sich gewünscht, Finnisch zu können, aber jetzt war so ein Moment …

Aaro plagte wegen Jenni Saurimos Freundlichkeit das schlechte Gewissen. Die Museumsleiterin nahm ihn sogar mit in den Pausenraum und bot ihm eine Tasse Tee an, die er aber höflich ablehnte. Dabei schwor er sich, den Stab sobald es möglich war ins Museum zurückzubringen, denn hier war sein Platz. Aber erst, wenn er das Geheimnis des Gegenstands gelüftet hatte.

»Ich bin wirklich keine Expertin, was den samischen Kultstab betrifft«, sagte Frau Saurimo und nahm die Kopie in die Hand. »Ich weiß nur, dass es in keinem anderen Museum einen vergleichbaren gibt, nicht mal in Schweden oder Norwegen.«

»Aber der Klumpen, der daran befestigt ist, muss doch nicht unbedingt einzigartig sein?«, fragte Aaro vorsichtig. Er wollte nicht gleich alle Karten auf den Tisch legen und seine Informationen über den Fall in Australien preisgeben. »Wissen Sie etwas über den Stein? Oder ist es Metall?«

»Soweit ich weiß, hat das noch niemand untersucht.«

»Könnte es etwas Kostbares sein?«, fragte Aaro möglichst unschuldig.

Frau Saurimo zuckte mit den Schultern. »Ich kann dazu wirklich nichts sagen. Nach Gold sieht es jedenfalls nicht aus.«

»Und diese Furchen hier«, hakte Aaro nach, wobei er mit dem Zeigefinger über die eingravierten Linien in dem Oval fuhr. »Ich habe im Ort gehört, man könnte solche Muster auch an einer alten Kultstätte finden.«

Frau Saurimo sah ihn scharf an. »Das ist jetzt ziemlich weit hergeholt, auch wenn es tatsächlich eine Kultstätte gibt, an der zwei aufgeschichtete Steinmauern aufeinander zulaufen. Da ist wahrscheinlich die Fantasie mit dir durchgegangen, aber so ist das eben mit historischen Dingen. Sie stecken voller unglaublicher Geschichten ...«

Der Ausländer, der vor dem Pausenraum gewartet hatte, streckte den Kopf zur Tür herein und lächelte. »Entschuldigung, ich möchte nicht stören, aber ich habe gehört, der Stab da sei der kostbarste Gegenstand in Ihrem Museum. Ist das wirklich ein Unikat?«

Aaro registrierte, dass der Mann amerikanisches Englisch sprach.

Frau Saurimo nahm den Stab in die Hand. »Ehrlich gesagt, weiß ich es nicht ...«

Die Augen unter den dunklen Brauen des Mannes musterten Aaro. Der kam sich wie unter die Lupe genommen vor, und das war unheimlich.

»Ist das Original entwendet worden?«, fragte der Mann.

Frau Saurimo nickte und reichte dem Mann die Kopie. »Leider kann ich ihre Frage nicht beantworten. Aber sie können sich diese Nachbildung hier ansehen.«

Der Amerikaner nahm den Stab nicht in die Hand, sondern warf nur einen kurzen Blick darauf. Nun waren bei Aaro alle Sinne geschärft. Zuerst hatte der Mann behauptet, sehr an dem Stab interessiert zu sein, aber dann sah er ihn sich nicht einmal richtig an. Das war seltsam – außer wenn er ihn bereits sehr gut kannte …

Der Amerikaner verabschiedete sich knapp und ging. Frau Saurimo wandte sich mit ernstem Gesicht an Aaro. »Dieser Stab scheint wirklich für sehr viele Leute interessant zu sein. Was steckt eigentlich dahinter? Weißt du etwas, das ich nicht weiß?«

Aaro schluckte. »Ich möchte auch gerne wissen, was es damit auf sich hat. Sind Sie ganz sicher, dass es sich bei der Darstellung auf dem ovalen Stein nicht um eine Art Karte handelt?«

Frau Saurimo sah sich die Gravierungen mit einem starken Vergrößerungsglas an. Sie schüttelte den Kopf. »Einen Opferplatz kann ich da nicht erkennen. Die beiden Steinmauern in Näkkäläpahta, von denen ich gesprochen habe, stoßen unmittelbar vor einem steilen Abhang aufeinander. Die Linien hier nähern sich aber nur einander an. Und das darüber eingeritzte Symbol ist auch nicht der Große Bär.«

»Gibt es hier in der Gegend eigentlich irgendwelche Bergwerke oder so?«, fragte Aaro aus einer plötzlichen Eingebung heraus.

»Hast du noch nie von der Goldmine Suurikuusikko gehört? Dort gräbt eine kanadische Firma nach dem größten Goldvorkommen Nordeuropas.«

»Bloß nach Gold?«

»Ja. Du klingst enttäuscht.«

»Nicht zum Beispiel nach Magnetit?«

»Nein. Davon hat man allerdings kleine Mengen in Kemijärvi und Kolari gefunden, etwas weiter weg von hier. Lappland ist voller Mineralien. Aber da fällt mir eine Geschichte vom Bau der Polarmeerstraße vor dem Krieg ein. Vor Ivalo gab es einen schwierigen Anstieg, der Magnetithügel genannt wurde. Mit den Lastwagen der damaligen Zeit kam man da nur schwer hinauf.«

Aaro beschloss zu gehen, bevor die Museumsleiterin längere Vorträge über die Geschichte Lapplands hielt. Er gab ihr jedoch seine Telefonnummer, weil sie ihn darum bat.

Niko war inzwischen am Lenkrad eingeschlafen und musste von Aaro geweckt werden. Der Amerikaner, der im Museum gewesen war, stieg in einen roten SUV in der hintersten Ecke des Parkplatzes ein.

»Wo soll es denn hingehen, der Herr?«, fragte Niko und trat übertrieben kräftig aufs Gas. Aaro blickte auf den roten SUV, der in Richtung Ortsmitte fuhr.

»Als Erstes suchen wir dir einen Schlafplatz in unserem Ferienhaus. Und den roten Wagen da vorne, den sollten wir im Auge behalten. Sein Insasse hat sich sehr für den samischen Stab interessiert.«

Niko schaute Aaro an wie einen Minderbegabten. »Du scheinst hier im Norden nicht genug zu tun zu haben, Aaro. Wie wär's, wenn du in die Loipe gehst und ein bisschen Dampf ablässt?«

»Das klappt bei mir nicht. Wenn ich die Skier anziehe, fange ich erst recht zu dampfen an.«

Alan und Taina waren noch immer im Wald unterwegs. Aaro stellte Niko sein eigenes Bett zur Verfügung, dann ging er in den Holzschuppen. Auch wenn der im Stab eingelassene Stein kein Magnetit war, zog er ihn doch unwiderstehlich an. Aaro wickelte den Stab aus der Folie und fuhr erneut mit den Fingern über die eingeritzten Muster in dem Stein. Die beiden Linien trafen sich tatsächlich nicht und die Punkte darüber erinnerten auch nicht an ein Sternbild. Man müsste sich die alte samische Opferstätte ansehen, dachte Aaro und beschloss, Niko genau drei Stunden schlafen zu lassen.

In dem Moment legten sich ihm von hinten kalte Hände um den Hals. Kurz stockte ihm der Atem, bis ihm auf Englisch ins Ohr geraunt wurde:

»Du verfluchter lappischer Zauberer! Wir werden dich im Morgengrauen hinrichten!«

Julius löste die Hände von Aaros Hals und grinste wie ein Idiot. Aaro hielt den Stab krampfhaft umklammert. Allmählich könnte Julius mal seine Gags erneuern.

»Nach dem Ding wird übrigens gefahndet. Im Supermarkt hängt ein Zettel«, sagte sein Cousin und deutete auf den Stab.

»Was redest du da?«

»Ich könnte einen Hinweis auf den Stock geben und dafür fünfzig Euro kassieren. Danach würdest du fünfhundert Euro Finderlohn bekommen und wir könnten uns anschließend die Gesamtsumme teilen. Du hast zwar den Stab gefunden, aber ohne mich wüsstest du nichts von dem Angebot.«

Aaro sah Julius schockiert an. Der schien es wirklich ernst zu meinen. Aaro wickelte den Stab wieder ein. »Das sind bloß Peanuts. Ich gebe ihn nicht her, solange ich nicht weiß, worum es bei der Geschichte eigentlich geht. Außerdem gehören alte Funde dem finnischen Staat.«

Julius widersprach grummelnd, verzog sich aber. Aaro wartete ab, bis sein Cousin im Ferienhaus verschwunden war. Wo sollte er den Stab jetzt am besten verstecken? Julius mit seinen Ideen konnte man nicht trauen. Schließlich schob er den Stab einfach noch tiefer als zuvor in den Holzstoß hinein.

Taina und Alan waren inzwischen zurückgekommen. Sie hatten Hähnchen mitgebracht, das Taina nach einem Rezept von Alans Mutter zubereitete. Dazu gab es Reis und Currysoße aus der Tüte sowie Pfefferminzgelee, weil das Julius angeblich so gern mochte.

Niko schlief noch immer, und Alan hatte versprochen, zum Hauptgebäude des Hotels zu gehen und für den zusätzlichen Gast ein Feldbett zu borgen. Dafür war im Schlafzimmer gerade noch Platz. Aaro spießte gedankenverloren ein Stück Huhn mit der Gabel auf, da klingelte sein Handy. Zu seiner Überraschung kam der Anruf von einer Nummer mit deutscher Ländervorwahl.

Aaro entschuldigte sich bei den anderen und zog sich zum Telefonieren in den Flur zurück.

Der Anrufer stellte sich als Doktor Hans Meyer vor. »Ich habe die Nummer von Frau Saurimo aus dem Museum bekommen«, sagte er. »Wir scheinen ein gemeinsames Interesse zu haben und darum würde ich mich gerne mal mit dir treffen und ein bisschen über Mythologie plaudern. Das interessiert dich doch, oder?«

Aaro stimmte zu, war aber auf der Hut und erwähnte den Stab mit keinem Wort. Meyer klang außer Atem und übereifrig, er schien in großer Eile zu sein. Er hatte doch wohl nicht herausgefunden, dass Aaro den Originalstab hatte?

»Mir würde es morgen passen«, sagte Aaro kleinlaut.

»Nein, wir müssen uns sofort treffen«, rief Meyer. Er schien sich absolut nicht beherrschen zu können. Es folgte peinliches Schweigen.

»Entschuldige meine Aufdringlichkeit, aber ich bin Wissenschaftler, und für mich geht es um etwas ungeheuer Wichtiges«, fuhr Meyer schließlich etwas gemäßigter fort.

Das überzeugte Aaro allerdings überhaupt nicht. Warum sollte ein Wissenschaftler so versessen auf die Erkenntnisse eines Schülers sein? Vielleicht hatte Meyer tatsächlich einen Hinweis auf das Versteck des Stabs erhalten. Aaro musste an den jungen Engländer denken, der gekidnappt worden war. Er drückte das Gespräch weg und stellte das Handy auf lautlos. Kurz überlegte er, ob er es ganz ausschalten sollte, damit man es nicht orten konnte, verwarf den Gedanken aber wieder. Wenn es jemand wirklich darauf anlegte, würde man ihn auf dem Gebiet des Ferienzentrums so oder so finden. Eine angenehme Vorstellung war das ganz und gar nicht.

22

Rebecca Jordan starrte auf die gelb-schwarze Schlange im Schilf am Flussufer. *Bungarus fasciatus* lautete ihr wissenschaftlicher Name, und Rebecca wusste nur zu gut, warum die Schlange über eine so außergewöhnlich grelle Warnfärbung verfügte. Es war eine Giftnatter namens Gebänderte Krait, eines der giftigsten Reptilien der Welt, viel gefährlicher als die Kobra, die in Indien aber auch alljährlich Tausende von Menschen tötete.

Langsam führte Rebecca die Kamera vors Auge und machte ein Bild von der Schönheit, die kurz darauf ins Wasser glitt. Rebecca war eine siebenundzwanzig Jahre alte Naturfotografin und sie war fasziniert von Reptilien. Seit Jahren zog die temperamentvolle, braun gebrannte Frau um die Welt und fotografierte die in ihren Augen bezaubernden Geschöpfe, denen sie ihr Leben widmete. Diesmal hatte sie eine Fotostrecke für die Zeitschrift *National Geographic* vereinbart. Sie wollte mit der Kamera die einzigartigen Jagdtechniken der Schlangen festhalten.

Am Tag zuvor war sie von Kairo nach Surat geflogen. Die Millionenstadt im Westen von Indien war das Zentrum der indischen Diamantschleiferei. Dort hatte sie sich einen Jeep gemietet und war in die Region Vasda weitergefahren.

Rebecca blickte über das Schilf. Ein großer Schwarm Klaffschnäbel flog von den Wipfeln mehrerer Teakbäume auf. Die Sonne ging bereits unter, aber es war noch immer sehr heiß. Rebecca wischte sich den Schweiß von der Stirn und zog ihren Pferdeschwanz straff. Sie nahm einen Schluck aus der Flasche und goss sich Wasser über das Gesicht und das ärmellose T-Shirt. Seit zwei Stunden ging sie durch die dichten Bambuswälder, auf der Suche nach den Motiven, wegen denen sie nach Indien gekommen war.

Diesmal galt ihr Hauptinteresse nicht den Kraits und Kobras, sondern dem Felsen, der vor ihr aufragte – vor allem aber galt es dem, was sich in dem Felsen verbarg.

Rebecca setzte ihren Weg durch das Schilf fort. Man hatte sie davor gewarnt, ohne einheimischen Guide in das Gebiet zu gehen, aber sie war es gewohnt, alleine unterwegs zu sein. Gerade das machte zu einem wesentlichen Teil den Reiz ihres Berufs aus.

Sie bog einige hohe Schilfhalme zur Seite und betrat schließlich festen Boden. Dann ging es einen leicht ansteigenden Hang hinauf, der plötzlich sehr steil wurde. Und da war er endlich, direkt vor ihr: der Höhleneingang.

Rebeccas Herz pochte. Ihr war unheimlich zumute, aber zugleich war sie fasziniert.

Sie wusste, dass sie vor einem großen Höhlengewölbe stand, in dem eine riesige Fledermauspopulation lebte. Es gab auch Schlangen in der Höhle, insbesondere Pythons.

Sie lagen auf Felsvorsprüngen und lauerten auf vorbeifliegende Fledermäuse. Zwar konnten die Fledermäuse mit ihrem Echolot die Python im Dunkeln orten, aber sie kannten die Geheimwaffe der Schlange nicht. Die Python wiederum sah im Dunkeln die Fledermäuse nicht, nahm jedoch mit den Fühlern am Kopf die Wärmestrahlung jeder vorbeifliegenden Fledermaus wahr. Die Fühler funktionierten gewissermaßen als Wärmekamera, auf deren Bild die Fledermaus für die Python leuchtend zu erkennen war. Dadurch konnte die Schlange die Fledermaus aus der Luft schnappen. Und diese einzigartige Jagdmethode wollte Rebecca fotografieren.

Sie stellte den Rucksack mit der teuren Spezialkamera und den Blitzgeräten auf die Erde und registrierte vor dem Höhleneingang eine außergewöhnliche Anordnung faustgroßer Steine. Es sah aus, als wären sie den Hang heruntergerollt und fächerförmig liegen geblieben. Eine großartige Formation.

Rebecca machte ein Foto. Plötzlich bemerkte sie etwas Sonderbares. Sie ging näher an die Steine heran und hob einen auf, der vollkommen anders war als die anderen.

Sein Gewicht überraschte sie. Er war bleischwer. War das überhaupt ein Stein?

Er war oval, glatt wie Seife und schwarz. Sie sah ihn sich genauer an und erkannte auf der Oberfläche sehr dünne Schriftzeichen und andere Symbole. Konnte es sich dabei um alte indische Buchstaben handeln?

Rebecca sah sich um. Wie hatte so etwas hierherkommen können?

Sie legte den Stein auf einen Felsen und machte mehrere Fotos. Dann verstaute sie ihn im Rucksack und nahm Kamera und Taschenlampe zur Hand.

Die letzten Strahlen der purpurroten Sonne fielen auf den Felsen, das hieß, dass sie sich auf den Weg machen musste, denn bald würden die Fledermäuse aktiv werden. Gebückt betrat sie die feuchte, kühle Höhle. Ein Übelkeit erregender Geruch schlug ihr entgegen. Im selben Moment trat sie in eine dicke Schicht aus matschigem Fledermauskot.

Bevor sie weiterging, leuchtete sie mit der Taschenlampe über die Wände. Dann ging sie äußerst vorsichtig ungefähr dreißig Meter voran und blieb stehen.

Da war sie.

Auf einem hohen Felsvorsprung lag eine etwa vier oder fünf Meter lange Python. Rebecca stellte sich hinter einen großen Stein und richtete die Infrarotkamera auf die Schlange.

Als der riesige Fledermausschwarm, der an der Höhlendecke gehangen hatte, losflog, hob die Schlange den Kopf.

Rebecca ließ die Kameraautomatik mehrere Bilderserien von der Schlange, die nach Fledermäusen schnappte, schießen. Nach einigen missglückten Attacken bekam die Python eine Fledermaus zwischen die Zähne. Sie hatte sie an den Flügeln erwischt. Rebecca fotografierte, wie die Schlange sich um ihre Beute wickelte und anfing, sie zu verschlingen.

Als Rebecca die Kamera absetzte, wusste sie, dass ihr

einzigartige Naturaufnahmen gelungen waren. Die Zeitschrift würde zufrieden sein.

Da blitzte etwas im Dunkeln auf.

Rebecca blickte nach unten.

War das der ovale Stein in ihrem Rucksack gewesen oder bildete sie sich das nur ein?

23

Die Motorschlittenstrecke glitzerte unter dem klaren Sternenhimmel. Niko gab noch mehr Gas, und Aaro hatte in seinen dünnen Handschuhen kalte Finger. Krampfhaft klammerte er sich an Niko fest, der mit allem, was einen Motor hatte, immer möglichst schnell fahren wollte. Das Schneemobil bildete da keine Ausnahme, in gnadenlosem Tempo ging es voran, auch dort, wo die Strecke vereist war.

»Irgendwas Besonderes muss dran sein«, hatte Niko zugestimmt, nachdem Aaro ihm von Meyers übereifrigem Anruf berichtet hatte. »Von einem reichen und halb debilen amerikanischen Sammler könnte man für das Ding wahrscheinlich gutes Geld bekommen …«

»Kann sein, dass noch viel mehr darin steckt als nur der materielle Wert«, hatte Aaro erwidert. »Dieser Stein, oder dieses Metall, oder was es nun mal ist – das ovale Ding jedenfalls entscheidet darüber, womit wir es zu tun haben.«

Plötzlich drosselte Niko abrupt das Tempo. Sie kreuzten eine Straße, an der ein heruntergekommenes, lange schon leer stehendes Geschäftsgebäude aus Holz stand. Aaro konnte gerade noch die Schrift auf dem verblassten, im

Wind klappernden Schild lesen: MATKAMUISTOJA, SOUVENIRS. Vor dem ehemaligen Laden stand eine Kote, eine zeltförmige Lappenhütte, die aber kurz vorm Zusammenbrechen war. Das Haus selbst war schätzungsweise erst vor dreißig Jahren gebaut worden, jedoch bereits in auffallend schlechtem Zustand. Dahinter konnte man ein kleines, altes Holzhäuschen erkennen, in dessen Fenstern Licht brannte. Zwischen den beiden Gebäuden befand sich ein Zwinger, so groß wie ein halber Tennisplatz, in dem zwei Spitze laut bellend hin und her sprangen. Fahrzeuge irgendwelcher Art waren auf dem Grundstück nicht zu sehen, aber zu dem alten Holzhäuschen führte ein Pfad, der eindeutig vor Kurzem erst begangen worden war.

Niko fuhr mit dem Schlitten vor das neuere Gebäude. Nachdem er die Scheinwerfer ausgeschaltet hatte, sah die Umgebung noch finsterer aus als zuvor. Sie gingen auf dem Trampelpfad im Schnee zu dem alten Häuschen. Dessen Blechdach schien sich unter der Schneelast zu biegen, und an der Eingangstreppe aus Holz fehlte die mittlere Stufe. Alles kündete vom Verfall. Die Person, die hier lebte, machte sich anscheinend nichts aus irdischen Dingen.

Die Hunde hörten nicht auf zu bellen, trotzdem regte sich in dem alten Holzhaus nichts – bis plötzlich und unvermutet die alte Tür aufgestoßen wurde und eine kleine Frau den Kopf herausstreckte. Sie trug eine Lappenmütze, die ganz schwarz geworden war. Hinter ihr sah man einen warmen, orangegelben Lichtschein.

»Was rennt ihr hier herum, ihr Bengel? Ihr schreckt die Hunde auf. Verschwindet dorthin, wo ihr hergekommen seid, in die Stadt!«

Aaro holte tief Luft, um nach dem Schrecken seinen Atem wieder zu beruhigen. Die Frau bot einen ziemlich speziellen Anblick: Sie war etwa sechzig Jahre alt, trug eine lappische Tracht, die selbst gemacht aussah, und dazu Gummistiefel. In der Hand hielt sie einen Schürhaken. Außerdem fehlte ihr mindestens die Hälfte aller Zähne im Mund.

»Wir wollen nicht stören, aber sind Sie vielleicht Unna?«, brachte Aaro über die Lippen. Die Frau sah ihn bösartig an, antwortete nicht, sondern hustete nur und spuckte in den Schnee.

»Der Goldschmied Vilho hat uns von Ihnen erzählt«, fuhr Aaro fort.

»Vilho ist ein Schwindler und Gauner«, erwiderte die Frau, wirkte aber schon etwas besänftigt. Allmählich siegte bei ihr die Neugier. Vermutlich bekam sie nicht oft Besuch, was allerdings auch kein Wunder war, dachte Aaro. Niko wartete an der Hausecke und beobachtete von dort, wie sich die Lage entwickelte.

»Ich interessiere mich für die hiesige Volkstradition, für Opferplätze und so etwas … Ich habe gehört, dass Sie sich da auskennen.«

Sofort blitzten die pechschwarzen Augen der Frau auf. Das Thema schien ihr am Herzen zu liegen, denn nach kurzem Überlegen nickte sie und winkte die beiden Jungen ins Haus.

Aaro und Niko betraten die verglaste Veranda, auf der es nach Fischabfällen und noch nicht gegerbten Rentierhäuten roch. Unna führte sie weiter in die Wohnküche, wo in einem verrußten Ofen ein Feuer prasselte. Der Schaukelstuhl vor dem Ofen schien alleine vor sich hin zu schaukeln, aber dann merkte Aaro, dass sich in dem Rentierfell, das auf dem Stuhl lag, ein Katzenjunges eingekuschelt hatte. Niko nahm es umstandslos auf den Arm und setzte sich auf den Schaukelstuhl. Unna nahm am Tisch Platz und trank einen Schluck Kaffee aus einer geschnitzten Holztasse. Aaros Blick fiel auf das Regal voller Bücher über Volkstradition, Schamanismus und die uralten Glaubensvorstellungen verschiedener Völker. Ihm blieb nicht verborgen, dass auch das *Popol Vuh* darunter war. Das kannte er von diversen Internetseiten, die er sich angesehen hatte, es war das heilige Epos der Quiché-Mayas in Mittelamerika.

Unna bemerkte Aaros interessierten Blick. »Ihr habt wohl auch geglaubt, ich wäre ein unwissendes Hüttenweib, aber das bin ich nicht. Ich habe in der Hauptstadt studiert und bin dann hierher zurückgekehrt, ins Haus meiner Mutter. Ich kenne die Kulturen und Religionen der Völker, und am besten kenne ich mich mit den samischen Kultstätten aus, mit den Seitas, denn meine Mutter war halbe Samin. Ihre Mutter gehörte zu den Skoltsamen.«

Nach dieser Erklärung schwieg Unna und starrte die Besucher nur noch an. Jetzt galt es, die Karten klug auszuspielen, dachte Aaro. Ein falsches Wort, und die Frau würde den Mund gar nicht mehr aufmachen.

»Ich habe den Eindruck gewonnen, dass Sie eine Kultstätte hier in der Nähe besonders gut kennen«, sagte Aaro. Niko zuckte zusammen, weil die junge Katze die Krallen an seinem Arm ausprobierte.

Unna schwieg noch eine Weile, bis sie sich entschieden hatte, zu sprechen. »Heutzutage will niemand mehr etwas davon wissen. Obwohl es die Jungen wie die Alten angeht. Die Jugend muss wissen, wie es früher war, damit sie anständig zu leben lernt und das Wissen der Alten achtet. Ich wurde damals in diese Dinge nicht eingeweiht, weil ich an der Universität war, als meine Mutter starb. Dann kam ich zurück und stellte fest, dass alles wahr ist. Aber seht selbst!«

Unna zog einen Gazestoff vom Tisch, der aus knorrigem Holz geschnitzt war. Unter dem Stoff kamen kleine Holzschalen zum Vorschein, in denen Zähne irgendeines großen Raubtiers lagen. Aaros Aufmerksamkeit wurde jedoch besonders von einem Stück Rinde angezogen, auf das mit rostroter Farbe ein Kreis mit einem Kreuz darüber gemalt worden war: das Symbol der Samen für den Mond.

»Das ist von meiner verstorbenen Mutter. Sie hat es benutzt, wenn sie Leute geheilt hat«, erklärte Unna. »Bärenzähne. In denen steckt die Zauberkraft von Meister Petz.«

Aaro zog das Stück Pergamentpapier aus der Tasche, auf dem er die Symbole von dem samischen Stab und die Linien und Muster von dem ovalen Stein oder Metallstück skizziert hatte. Unna sah sich alles an, nahm dann ihre uralte Lesebrille vom Radio, brummte kurz und gab das Stück Papier zurück.

Wieder machte sich peinliche Stille im Raum breit, es hatte den Anschein, als wüsste Unna nicht mehr, wie man sich in der Gegenwart von Menschen benimmt. Sie ging zum Kleiderhaken neben der Tür, wo ihr Wolfspelz hing, grub in den Taschen und brachte eine Dose Kautabak zum Vorschein. Sie schob sich einen ekelhaften Priem unter die Oberlippe, dann sagte sie leise: »Die Zeichnung stimmt. Man sieht drei Steinbrocken in der gleichen Anordnung wie in echt. Und die zwei Mauern. Das ist die Opferstätte, die Seita von Näkkäläpahta. Aber jetzt frage ich euch: Wo habt ihr das her?«

»Das ist in den Stab eingeritzt, der im Hotelmuseum ausgestellt wird«, antwortete Aaro wahrheitsgemäß.

Unna schnaubte verächtlich.

»War die Opferstätte von Näkkäläpahta mal wichtig?«, wollte Niko wissen und setzte das Katzenjunge auf dem Flickenteppich ab. Sofort attackierte es Nikos Füße.

»Was heißt wichtig. Meine Großmutter hat gesagt, dort steht die Weltsäule, dort liegt der Nabel der ganzen Welt«, antwortete Unna und grinste. »Geht nur hin, aber verrückt keine Steine! Sonst geraten alle Steine der Welt in Bewegung, es gibt allgemeines Durcheinander und das Weltende kommt über uns.«

Aaro lief es kalt über den Rücken. Er bedankte sich für die Informationen und begab sich langsam zur Tür. Als er und Niko draußen waren, verabschiedeten sie sich von

Unna, die noch einmal sagte: »Geht nur hin. Aber verrückt keine Steine!«

Niko schwang sich auf den Motorschlitten und startete den Motor.

»Gibt's im Fremdenverkehrszentrum eigentlich Pay-TV mit allen Sportsendern?«, fragte er und wendete den Schlitten.

»Nein. Lass uns jetzt als Erstes nach Näkkäläpahta fahren«, sagte Aaro.

»Im Dunkeln?«

»Wir haben eine sternklare Nacht, und der Mond geht auch gerade auf. Oder hat dir die Traditionskennerin mit ihren Worten Angst eingejagt?«

Niko brummte etwas, was Aaro nicht verstand. Dieser setzte sich hinter seinen Freund und versuchte auf der Landkarte zu erkennen, an welcher Stelle sie von der öffentlichen Motorschlittenstrecke abbiegen mussten, um die alte Kultstätte von Näkkäläpahta zu erreichen.

Die Stelle befand sich überraschend nah bei Unnas Haus. Schon nach fünf Minuten Fahrt verließen sie die Bahn in Richtung Osten und folgten einem flachen Schluchttal. Dann ging es einen Hang hinauf zu einem Felsen, der wie ein erhobener Finger aus der weißen Schneelandschaft ragte. Der Hang wurde allerdings so steil, dass man mit dem Schlitten nicht weiterkam, weshalb Niko den Motor ausschaltete und sie zu Fuß weitergingen.

Es war beeindruckend, wie sich der klare Sternenhimmel über ihnen wölbte. Aaro hatte sich schon immer für das Universum interessiert. Seine Mutter hatte ihm zum

Geburtstag die Mitgliedschaft in der Astronomischen Gesellschaft geschenkt, seitdem las er regelmäßig die Mitgliederzeitschrift *Sterne und Weltall.* Inzwischen warf er auch schon mal einen Blick in ausländische Publikationen zum Thema. Am interessantesten waren aber immer noch die eigenen Beobachtungen. Die hatte er in einigen Observatorien gemacht, aber natürlich auch mit seinem eigenen Teleskop.

Der Felsen war größer und höher, als sie es sich aus der Ferne vorgestellt hatten. Nach einer halben Stunde Klettern waren ihre Schuhe vom Schnee nass, aber sie hatten es gerade erst bis zur Mitte des steilen Hangs geschafft. Von dort konnten sie bereits sehen, dass auf der Spitze des Felsens scharfkantige, mannshohe Steinplatten standen, wie um die Kultstätte zu schützen.

Aaro verschnaufte und erkannte zu seiner Verblüffung dort oben noch etwas: Auf den Steinplatten bewegten sich rote Punkte, als würde jemand Lasermessungen vornehmen.

Niko und Aaro erschraken bei dem überraschenden Anblick. Sie duckten sich und lauschten. Von oben hörte man männliche Stimmen, aber aus der Entfernung konnte man nicht verstehen, was sie sagten.

Aaro und Niko kletterten vorsichtig weiter nach oben. Der Wind hatte zwar viel Schnee vom rauen Fels geblasen, aber die teilweise losen Steine erschwerten das Klettern extrem.

Dann hörte man, wie oben ein Motorschlitten angelassen wurde. Der Hang auf der anderen Seite musste weniger steil sein, sodass man mit dem Schlitten hinaufkam, dachte Aaro. Was für ein Glück, dass sie zu Fuß von der steilen Seite kamen, denn sonst hätte das Motorgeräusch ihres Schlittens sie verraten.

Als sie näher an den Gipfel herangekommen waren, versteckten sie sich hinter einem Findling von der Größe eines Reisebusses und lauschten. Nun glaubte Aaro zu verstehen, dass dort oben Englisch geredet wurde. Einer der Sprecher schien einen finnischen Akzent zu haben. Dann rollte dicht neben ihnen ein Stein herab und es wurde geflucht.

Aaro spähte hinter dem Findling hervor und sah am Hang einen großen Mann auf allen vieren, der ein Gerät auf dem Rücken und ein Kabel in der Hand hatte. Offenbar versuchte er aufzustehen, nachdem er im Geröll ins Straucheln geraten war. Oberhalb des Mannes, auf dem Gipfel, sah man einen zweiten Mann, der eine Pelzmütze aufhatte und einen dunklen Overall trug. Nun erreichte auch der erste Mann den Gipfel. Er hob einen Aktenkoffer vom Boden auf und öffnete ihn. Nein, das war kein Koffer, sondern ein tragbarer Computer, wie Aaro erkannte. Aus der Entfernung konnte er allerdings den Bildschirm nicht sehen. Die Männer besprachen etwas, dann hob der Mann, der das Gerät auf dem Rücken trug, einen länglichen Gegenstand gerade in die Höhe, als wollte er den Abstand zwischen den Sternen messen.

Nach einer Weile verschwanden die beiden Männer hinter dem Gipfel auf der anderen Seite. Aaro gab Niko ein Zeichen und sie stiegen vorsichtig und mit pochendem

Herzen wieder den Hang hinunter. Lose Steine gerieten unter ihren Schuhen ins Rollen.

Bewegt keine Steine!, hörte Aaro innerlich die alte Frau sagen. So kleine Steine wird sie ja wohl nicht gemeint haben, hoffte er leicht besorgt. Bald konnten sie den Gipfel des Berges nicht mehr sehen.

»Wir kommen bei Tageslicht noch einmal her«, sagte Aaro. »Außerdem müssen wir den weniger steilen Weg finden, der auf der anderen Seite hinaufführt.«

Erleichtert warf Niko den Schlitten an und fuhr auf die öffentliche Motorschlittenstrecke zurück.

Doktor Hans Meyer spitzte auf dem Gipfel des Fjälls die Ohren. Hatte er in der menschenleeren Landschaft gerade das Geräusch eines Motorschlittens gehört?

»War das ein Schlitten?«, fragte er seinen finnischen Helfer, den er als Fahrer angeheuert hatte.

Der Finne lauschte. »Kann durchaus sein. Aber da unten verläuft die Strecke zwischen der Ortschaft und den Hotels, da fahren auch mitten in der Nacht manchmal welche.«

Er lud die schweren Gerätschaften des Doktors in den Anhänger des Schlittens, und Meyer überprüfte am Computer, ob alle Daten gespeichert waren. Im Lauf des Abends hatte er noch einmal Kontakt mit Professor Campbell-Hewitt in Guatemala aufgenommen, der seinerseits erfolglos die Botschaft der Vereinigten Staaten in Guatemala, das US-Verteidigungsministerium in Washington und mehrere andere Behörden mit Fragen bombardiert hatte.

Meyer wusste, dass all das keinen Sinn hatte. Die einzige Behörde, die etwas zu sagen hätte, schwieg wie eine Wand. Die Unit 6 der US-Luftwaffe war von vorneherein als eine Art schweigende Wand konzipiert worden – als Mauer, die faszinierende Geheimnisse vor den normalen Bürgern verbarg.

Meyer klappte den Computer zu, verstaute ihn behutsam in seinem Rucksack und stieg auf den Schlitten. Der Hinweis auf diese Kultstätte, den er von Museumsleiterin Saurimo erhalten hatte, war Gold wert – wenn nicht noch mehr …

24

Rebecca Jordan saß auf der weichen weißen Couch im Wohnzimmer des Bungalows, den *National Geographic* für sie in Surat gemietet hatte, und sah sich auf dem Laptop die Fotos an, die sie in der Schlangenhöhle gemacht hatte. Einen Teil hatte sie bereits an die Redaktion geschickt. Dort war man sehr zufrieden.

Gedämpft drang indische Pop-Musik aus den Lautsprechern, die Schiebetür zum üppig grünen Garten war offen. Auf dem niedrigen Glastisch stand ein Glas Saft aus tropischen Früchten. Daneben lag der ovale, schwarze Gegenstand, den Rebecca gefunden hatte.

Sie überlegte, ob sie der Zeitschrift auch davon ein Foto schicken sollte – aber vielleicht war das nicht vernünftig. Unter Umständen verlor sie ihre Glaubwürdigkeit und machte sich lächerlich, wenn sie etwas von den merkwürdigen Lichtblitzen erwähnte. Und die Darstellungen auf der Oberfläche konnten schlicht und einfach Graffiti von kleinen indischen Jungen sein.

Aber wie war das Ding auf den Hang geraten, von dem es dann bis vor den Eingang der Schlangenhöhle heruntergerollt war? Sollte sie ein paar Freunden eine Mail schicken und ihnen von dem Stein erzählen? Sie hatte ihn bereits einigen Leuten vom Personal des Bungalow-Hotels gezeigt, aber niemand hatte etwas damit anfangen oder die Symbole darauf deuten können.

Plötzlich klingelte es.

Rebecca stand überrascht auf und ging zur Tür. Sie hatte keinen Zimmerservice bestellt. Vielleicht bekamen Gäste, deren Zimmer von *National Geographic* gebucht worden war, noch mehr Geschenke als die Flasche Wein und die mit Schokolade überzogenen Erdbeeren, die bei der Ankunft auf sie gewartet hatten?

»Wer ist da?«, fragte Rebecca durch die Tür.

»Mein Name ist Andrew Pawlak«, lautete die Antwort. »Ich möchte gerne mit Ihnen über den Stein reden, den Sie gefunden haben.«

Erstaunt öffnete Rebecca die Tür einen Spaltbreit. Vor ihr stand ein großer Mann von etwa fünfzig Jahren mit kurzen, bereits leicht ergrauten Haaren. Er hatte intelligente, ruhige Augen und ein Grübchen im massiven Kinn.

»Woher wissen Sie davon?«, fragte Rebecca.

»Sie haben an der Hotelrezeption Fragen dazu gestellt. Mein Hobby ist die indische Archäologie und Mythologie, und ich würde mir den Stein gern mal ansehen. Was Sie von den Darstellungen darauf erwähnt haben, klingt sehr interessant.«

Rebecca wollte die Tür bereits ganz aufmachen und den Gast hereinbitten, da läuteten in ihrem Kopf die Alarmglocken. Niemals würde das Hotelpersonal einem Fremden verraten, wer in welchem Bungalow wohnte. Und hatte sie den Mann nicht schon mal gesehen? Hatte er sie nicht ziemlich aufdringlich angeschaut, als sie zum Fotografieren aufgebrochen war? Rebecca hatte gelernt, sich vor Giftschlangen in Acht zu nehmen, aber Menschen waren wesentlich heimtückischer und böser.

»Ich habe ihn bereits zur Untersuchung weitergegeben.«

»Ach ja? Wohin denn?«

»Das kann ich nicht sagen«, antwortete Rebecca und schloss die Tür.

»Wer sind Sie eigentlich?«, fragte sie noch, erhielt aber keine Antwort.

Sie eilte ins Wohnzimmer und griff zum Telefon, um die Rezeption wegen des Unbekannten anzurufen, da erstarrte sie. Der ovale Stein lag nicht mehr auf dem Couchtisch! Unwillkürlich blickte sie auf die gläserne Schiebetür zum Garten, die nach wie vor offen stand.

Aaro wusste zuerst nicht, ob er von Nikos Schnarchen auf dem Feldbett oder vom Bellen eines Hundes draußen aufgewacht war. Gähnend stand er auf, trat ans Fenster und schob den Vorhang zur Seite. Vor dem Haus war ein Gespann mit sieben Hunden vorgefahren. Alan, Taina und Julius zwängten sich gerade auf den angehängten Schlitten. Wenig später klingelte ein Glöckchen und der Leithund zog an. Der Veranstalter der Hundeschlittensafari folgte mit einem kleineren Gespann.

Taina hatte einen Zettel auf den Tisch gelegt: *Guten Morgen, Aaro, wir machen einen Ausflug! Ihr seid so spät heimgekommen, dass wir euch nicht wecken wollten. Gruß, Taina.*

Aaro hatte Hunger und beschloss, sich ausnahmsweise einen traditionellen Vierkornbrei zu kochen. Oft vergaß er zu essen, wenn etwas Spannendes im Gange war, und das rächte sich normalerweise irgendwann in Form von sinkendem Blutzuckerspiegel und Müdigkeit. Jetzt gab es so viel zu tun, dass eine kräftige Mahlzeit nicht schadete.

Während er seinen reichlich gezuckerten Brei löffelte, kam Niko in die Küche, goss sich ein Glas Saft ein und erklärte, er wolle in der Ortschaft nachsehen, ob es dort eine Werkstatt mit vernünftigen Preisen gebe, die am Sierra den Auspuff reparieren könnte. Vom Brei wollte er nichts wissen. Stattdessen fuhr er sofort davon, als hätte er es wahnsinnig eilig.

Aaro nahm seine Zeichnungen von den Darstellungen auf dem ovalen Stein zur Hand und versuchte sie mit den Skizzen, die er von den Darstellungen im Tikal-Tempel der Mayas gemacht hatte, zu vergleichen, gelangte aber zu keinem vernünftigen Ergebnis. Allmählich kam ihm das alles ein bisschen unwirklich vor. Hätte er am Abend nicht die seltsamen Vorgänge an der Kultstätte gesehen, hätte er vielleicht ernsthaft ins Auge gefasst, einen Tag Urlaub von seinen Nachforschungen in Sachen Kultstab zu nehmen.

Inzwischen bereute er es, keine Mail nach Australien geschickt zu haben, an den Mann, dem der ovale Stein gestohlen worden war. Den konnte man zwar nicht mehr untersuchen, aber es wäre möglich, das Digitalfoto zu vergrößern und dabei vielleicht interessante Details zu entdecken. Aaro beschloss, auf seinem Smartphone eine Mail zu schreiben, auch wenn es mühsam war. Er wollte es nicht aufschieben, bis er an einen anständigen Computer kam.

Bei der Gelegenheit nahm er sicherheitshalber eine neue Internetrecherche mit den Schlagworten vor, die ihn nach Australien geführt hatten.

Er zuckte förmlich zusammen, als er sah, was nun als erster Treffer auftauchte. Hastig klickte er den Link an und starrte im selben Moment auch schon auf das Foto eines ovalen Gegenstands, der ihm nur zu bekannt vorkam.

Vor Kurzem erst hatte eine Person namens Rebecca Jordan an einem Ort namens Surat ihren Weblog aktualisiert. Aaro erfasste das Posting mit einem Blick. Die Frau war ebenfalls Opfer eines Diebstahls geworden.

Das konnte kein Zufall sein.

Aaro gab den Ortsnamen ins Kartenprogramm ein und stellte fest, dass Surat an der indischen Westküste lag.

Indien, Australien, Lappland … Etwas an den scheinbar zufälligen Fundorten ließ Aaro keine Ruhe. Er gab alle drei Orte ins Kartenprogramm ein und starrte anschließend bestürzt auf das Ergebnis: Alle drei lagen auf einer Linie.

25

Nun zögerte Aaro nicht mehr, sondern schrieb eine kurze Mail an die beiden Finder im australischen Perth und im indischen Surat. Die Handytasten waren sogar für seine Finger zu klein, aber das störte ihn jetzt nicht. Er berichtete von seinem eigenen Fund und erwähnte zum Schluss auch die merkwürdige Entdeckung, dass alle drei Fundorte geografisch miteinander verbunden waren.

Kaum hatte er die Mails verschickt, klopfte es. Aaro blickte sich um und im selben Moment wurde die Tür aufgerissen.

Zwei kräftige Männer in Lammfelljacken, der eine blond, der andere dunkelhaarig und mit dicken, schwarzen Augenbrauen, kamen herein. Sie stampften den Schnee von den Schuhen und gaben Aaro die Hand. Vor allem der blonde Mann gab sich Mühe, einen ausgesprochen freundlichen Eindruck zu machen.

Aaro versuchte, ruhig zu bleiben. Er erkannte den Mann. Es war der Amerikaner, den er am Tag zuvor im Museum mit Jenni Saurimo gesehen hatte – derselbe Mann, der so sehr an dem samischen Kultstab interessiert gewesen war. Auch der jüngere, dunkelhaarige Mann kam ihm irgendwie bekannt vor.

»Wir sind Gastforscher am Staatlichen Technischen Forschungszentrum STF in Oulu«, sagte der Blonde. Der mit den dunklen Augenbrauen ließ den Blick durch das Ferienhaus schweifen, als wollte er sämtliche Gegenstände und möglichen Verstecke scannen.

Da fiel Aaro ein, wo er ihn schon mal gesehen hatte. Es war der Mann, der mit dem Motorschlitten an ihm und Julius vorbeigerast war.

»Doktor Koch und Doktor Rose«, stellte der Blonde sich und den anderen vor. »Ich glaube, wir sind uns bereits flüchtig im Museum begegnet.«

Es folgte eine kurze Stille, während der mit den dunklen Augenbrauen einen Schritt auf die Schlafzimmer zu machte. Auf einen kleinen Wink seines Kompagnons blieb er jedoch stehen. Mit seinen prallen Muskeln glich dieser Mister Rose einem Wissenschaftler ungefähr so sehr wie ein Vielfraß einer Spitzmaus. Die sind hinter dem Stab her, dachte Aaro und fragte sich, was er nun tun sollte.

»Wir interessieren uns sehr für die Probe, die du an das STF geschickt hast«, fuhr der Mann, der sich als Doktor Koch vorgestellt hatte, fort. »Aber wir bräuchten das ganze Objekt, von dem der Metallspan stammt. Sonst können wir leider keine genauere Laboruntersuchung vornehmen.«

»Sind Sie dafür die ganze Strecke von Oulu bis hierher gefahren?«, fragte Aaro, um Zeit zu gewinnen. »Oder waren Sie zufällig sowieso hier in Skiurlaub?«

Der Amerikaner machte den Mund auf, um etwas zu

sagen, machte ihn aber sofort wieder zu. Vielleicht begriff er, dass man Aaro nicht so leicht hinters Licht führen konnte.

»Schau mal, diese Probe interessiert uns im Forschungszentrum wirklich außerordentlich ...«, fing der Mann noch einmal an, aber in dem Moment klingelte Aaros Handy.

Aaro schloss verstohlen das noch immer offene Kartenprogramm und meldete sich. Der Anrufer war der Wissenschaftler vom Staatlichen Technischen Forschungszentrum STF, dem er die Probe im gepolsterten Umschlag per Post geschickt hatte.

»Ich rufe wegen der Probe an«, sagte er mit jugendlicher, aufgeregter Stimme. »Wo, zum Teufel, hast du das Ding gefunden?«

Aaro versuchte sich nichts anmerken zu lassen; er war sich ziemlich sicher, dass keiner der beiden Muskelprotze Finnisch konnte.

»Auf einem Fjäll«, sagte er zu dem Anrufer und hörte diesen begeistert aufatmen.

»Pass auf. Das ist ein unwahrscheinlich außergewöhnlicher Fund. Geradezu unfassbar. Er besteht aus einer Legierung, bei der wir hier in Oulu passen mussten. Na ja, nicht ganz. Aber wir brauchen weitere Gutachten und müssen deswegen so bald wie möglich Kontakt zu den Mineralienspezialisten an der TU in Helsinki aufnehmen. Wie groß ist der Gegenstand denn, den du gefunden hast?«

»Ein bisschen größer als ein Hühnerei«, sagte Aaro schnell.

»Dann machen wir es so, dass ich jetzt sofort mit einem Kollegen zu dir fahre, und dann schauen wir uns das Ganze genauer an. Du bist doch noch da oben?«

»Die ganze Woche, und man kann mich immer unter dieser Nummer erreichen«, sagte Aaro. Nach dem Gespräch lächelte er den blonden Mann gezwungen an, der eindeutig nichts mit dem Forschungsinstitut in Oulu zu tun hatte. Wahrscheinlich stimmte auch sein Name nicht.

»Scheint ein wichtiger Anruf gewesen zu sein«, sagte Koch. Sein Tonfall klang plötzlich nicht mehr gespielt heiter, sondern bedrohlich.

Aaro merkte, dass der mit den dunklen Augenbrauen und der schwarzen Wollmütze verschwunden war. Gleich darauf kam er aus dem Schlafzimmer und hielt eine glänzende automatische Pistole in der Hand.

»Tut mir leid, mein Junge«, sagte Rose. »Wir wissen, dass du den Stab hast. Gib ihn her!«

Aaro schluckte. Das ganze Auftreten der Männer hatte sich schlagartig geändert. Sie erinnerten jetzt an gewöhnliche Kriminelle, an Profis der Illegalität. Und es bestand kein Zweifel an ihren Absichten: Sie wollten den Stab. Aaro überlegte, per Kurzwahl die Notrufnummer zu wählen, aber er kam nicht an sein Handy. Er hatte es auf den Tisch gelegt, und der Blonde schnappte es sich und steckte es ein.

»Verstehe. Folgen Sie mir«, sagte Aaro und konnte nicht verhindern, dass seine Stimme leicht zitterte. Er öffnete die Tür und ging vor den beiden Männern her zum Holzschuppen. Koch folgte ihm dicht auf den Fersen, dahinter kam Rose mit der Pistole. Sonst war natürlich kein Mensch zu sehen, jetzt, wo man jemanden gebrauchen könnte, dachte Aaro gequält, als er die Schuppentür aufmachte.

Jemand war am Holzstoß gewesen. Die Scheite lagen kreuz und quer herum. Obenauf sah man die leere Blisterfolie, in die der Stab eingewickelt gewesen war.

Der Anblick haute Aaro um.

»Er ist weg«, stammelte er und deutete auf die leere Verpackung.

Rose nahm sie in Augenschein und nickte. »Die erkenne ich. Aber das ist kein Beweis für deine Behauptung.«

Koch richtete den leeren Blick seiner hellbraunen Augen auf Aaro. »Wo ist das nächste Versteck? Wo hast du ihn hingebracht?«

Aaro wusste nicht, was er sagen sollte. Er schüttelte nur verzweifelt den Kopf. Die einzig mögliche Erklärung war, dass Julius den Stab unter dem Holz ausgegraben hatte, um sie demjenigen zu bringen, der am Schwarzen Brett im Supermarkt einen Finderlohn dafür versprach.

26

Der einäugige Mann mit dem grünen Mantel hatte sich beim Anziehen so beeilt, dass er einen Teil der Knöpfe an seinen Gamaschen offen gelassen hatte. Belustigt musterte Julius die altertümliche Vogelscheuche, die im Foyer vor ihm auftauchte. Aus welchem Jahrhundert stammte eigentlich die Wintermode dieses Mannes? Egal, Hauptsache, er würde das Geld auf den Tisch legen.

Der Mann setzte sich und ließ den Blick durchs Foyer schweifen. »Ist er in der Plastiktüte da?«

Julius nickte und ließ den Mann in die Tüte schauen.

»Fünfhundert«, sagte der Mann und schob Julius einen lila Schein hin.

»Plus fünfzig Euro für den Hinweis«, sagte Julius. »Beides für mich. Sie spielen doch fair, oder?«

»Selbstverständlich«, sagte der Mann gezwungen und gab sich Mühe, seinen Ärger zu überspielen. Aber die Tatsache, dass ein Auge hinter Milchglas verborgen war, sorgte dafür, dass sein Blick ziemlich hinterhältig wirkte.

Der Mann zog einen Quittungsblock aus der Tasche und schrieb einen Beleg über 550,00 Euro. Die Unterschrift schien Dr. Meyer zu lauten. Als Kaufobjekt trug er ein: »Antiker Gegenstand, unter 100 Jahre alt.«

»Das ist lediglich eine Formalität«, sagte Meyer und lächelte mit der Bitte um Nachsicht. »Das deutsche Finanzamt …«

Julius kritzelte seinen Namen auf die Quittung und gab Meyer die Plastiktüte. Er wollte so schnell wie möglich weg von diesem komischen Uhu. Meyer blickte sich erneut nach allen Seiten um, nahm dann den Stab aus der Tüte und ließ sein einziges Auge auf dem ovalen Stein ruhen.

In dem Moment passierte etwas Merkwürdiges. Es war, als blitzte die schwarzbraune Oberfläche des Steins auf – als ginge ein kurzer Stromstoß hindurch. Meyer steckte rasch den Stab in die Tüte und eilte grußlos davon.

Julius steckte leicht nervös das Geld ein und machte sich auf den Weg zum Ferienhaus. Er überlegte, ob er mit Aaro teilen sollte. Vielleicht müsste er seinem Cousin zwanzig Prozent abgeben und sich selbst mit achtzig Prozent begnügen, obwohl er derjenige war, der den Zettel am Schwarzen Brett entdeckt hatte …

Vor dem Ferienhaus stand ein relativ neuer Ford Focus, und daneben trieben sich zwei Männer in dunklen Mänteln und Halbschuhen herum. Der eine hämmerte an die Tür des Häuschens, der andere versuchte, durchs Fenster zu spähen.

»Was ist denn hier los?«, wunderte sich Julius.

»Wir suchen Aaro Nortamo«, sagte der Mann, der geklopft hatte, mit starkem finnischem Akzent. Die beiden mussten Zivilpolizisten sein, da war sich Julius sicher.

»Worum geht es denn?«, fragte er, zog den Schlüssel

aus dem Versteck unter dem Fensterbrett und schloss die Tür auf.

»Um eine Probe, die an das STF-Labor in Oulu geschickt wurde. Von einer Person namens Aaro Nortamo. Wir sind hier, um dem Staatlichen Technischen Forschungsinstitut Amtshilfe zu leisten. Wohnst du hier? Weißt du etwas von Aaro Nortamo und der Probe?«

Julius sagte, wer er war, und zeigte seinen Ausweis, weil die Männer ihn sehen wollten. Er sagte, er habe Aaro seit dem Morgen nicht mehr gesehen und wundere sich selbst, wo sein Cousin stecke. Auf dem Tisch lag keine Nachricht und er meldete sich auch nicht am Handy.

Die Männer sahen sich im ganzen Ferienhaus um, dann sagte der eine: »Sag ihm, er soll sich melden, sobald er zurückkommt.«

Er gab Julius seine Visitenkarte. Darauf stand *»Suojelupoliisi«*. Nachdem die Männer weg waren, drehte Julius die Karte um und las die englische Aufschrift auf der Rückseite: »The Finnish Security Police, Juha Manninen, Rovaniemi Office, Valtakatu 10–12 B, 96 201 Rovaniemi.«

27

Geschockt blickte Aaro durchs hintere Seitenfenster des Honda auf die weiß-grüne Waldlandschaft. Ihm gingen noch immer nicht die Internetfotos von den mysteriösen Steinen aus dem Kopf, die alle auf einer Linie über den Globus verteilt waren.

Es fing an zu schneien und zu dämmern. Aaro hatte bereits festgestellt, dass an den Hintertüren die Kindersicherung aktiviert war. Die beiden Männer überließen nichts dem Zufall. Er kam aus diesem Auto nicht heraus.

Sie hatten die Ortschaft Kittilä hinter sich gelassen und waren ein Stück nach Osten gefahren, als erneut Aaros Handy in der Tasche des Fahrers klingelte. Koch ließ sich das Handy geben, schaute aufs Display und teilte mit: »Schon wieder derselbe Anrufer. Julius.«

»Wie gesagt, das ist mein englischer Cousin. Ich rede Englisch mit ihm, Sie würden jedes Wort verstehen.«

Die Männer reagierten nicht.

»Kann sein, dass Julius etwas über den Gegenstand, den Sie suchen, weiß«, fügte Aaro hinzu, während sein Gehirn bereits anfing zu überlegen, wie er Julius über seine Lage informieren könnte. Wie kompliziert durfte die Geheimsprache sein, damit sein Cousin sie noch kapierte?

Koch schwieg eine Weile, ließ das Handy klingeln, gab es aber dann schnell nach hinten an Aaro.

»In Ordnung. Aber normal reden. Und kein Wort darüber, wo du bist und mit wem. Und den Lautsprecher an!«

Aaro meldete sich und hörte, wie Julius am anderen Ende der Leitung aufatmete.

»Wo bist du, Aaro? Hier gehen seltsame Dinge vor … Ich … es tut mir leid, aber ich habe dem Doktor den Stab gebracht. Auf der Quittung hier steht: Doktor Hans Meyer. Ist eine richtig offizielle Quittung.«

»Aha«, sagte Aaro und dachte immer noch über die beste Kommunikationstechnik nach. Er sah, wie Koch dem Fahrer etwas zuflüsterte, verstand aber nicht, was, weil Julius weiterquasselte.

»Wir hätten uns in die ganze Geschichte nicht reinhängen dürfen«, sagte Julius. »Du sitzt in der Tinte, die Sicherheitspolizei ist hinter dir her. Und das ist noch nicht alles!«

Julius machte eine Pause und sagte dann mit dünner Stimme: »Ich hatte das Gefühl, als hätte der Stein an dem Stab geblitzt und geknistert. Als wäre Strom drauf. Das ist alles so seltsam, ich will gar nicht mehr darüber wissen. Wo bist du, Aaro?«

Endlich fiel Aaro ein, wie er Julius vermitteln konnte, dass er praktisch gefangen war. »Ich bin … ich weiß nicht, wie ich dir das sagen soll …«

Aaro registrierte, dass Koch ihn finster ansah und eine Handbewegung machte.

»Spuck's aus!«

»Na ja, ich hab da ein Mädchen kennengelernt, so eine wie Gemma damals in London. Sie hat auch so eine nette Familie. Wir machen gerade eine Spritztour. Ich komme ein bisschen später nach Hause.«

Dann brach Aaro sofort die Verbindung ab. Sein Herz pochte in Hochgeschwindigkeit. War Julius clever genug, um zu kapieren, was mit Gemmas Familie gemeint war? Immerhin hatte sein Cousin oft genug von Aaros Abenteuer in London gehört, in dem der kriminelle Vater eines Mädchens namens Gemma eine Rolle gespielt hatte.

Der Mann in der Lammfelljacke fixierte ihn im Rückspiegel mit seinen hellbraunen Augen. Hatte Aaro ihn doch mit seiner Aussage am Telefon misstrauisch gemacht?

In seinem Ferienhaus legte Doktor Hans Meyer den Stab mit dem ovalen Stein unter die helle Lampe auf den Tisch. Er war echt, das sah jedes Kind. Meyer schmunzelte und strich mit den Fingern über das polierte Fjällbirkenholz.

Seine Aufregung war von einer leichten Angst durchsetzt und sorgte für einen Krampf im Magen. Er befühlte die Symbole von Sonne und Mond, die im unteren Teil des Stabes eingeritzt waren, und führte die Finger dann auf den ovalen Stein.

Da läutete schrill das Telefon. Meyer fluchte und holte das Handy aus der Jackentasche. Der Anrufer war John Hudson von der Forschungsstation in Sodankylä.

»Wie kommst du voran, Hans?«

»Sehr gut«, sagte Meyer und musste seine vor Aufregung trockenen Lippen befeuchten. »Ich habe das Original hier bei mir …«

»Großartig! Weißt du, ich werde heute Abend zu euch ins Ferienzentrum kommen. CNN dreht einen Beitrag über mein Projekt, sie fahren gerade vom Flughafen Oulu aus nach Norden. Machen angeblich parallel noch eine Reisereportage, darum haben sie das Hotel im Ferienzentrum als Treffpunkt vorgeschlagen.«

»Dann können wir uns ja hier bei mir treffen«, sagte Meyer. »Es wäre fantastisch, wenn du dir das auch ansehen könntest.«

»Ich rufe dich an, wenn ich da bin«, sagte Hudson und legte auf.

28

»Wie jetzt, es ist kein Druck auf den Flaschen? Habt ihr kein Gas in dem Dorf hier?«, schnauzte Niko den jungen Mann im blauen Overall an, der in der Halle der Kfz-Werkstatt Makkonen am Ventil der Gasflasche drehte.

»Wir kriegen erst morgen wieder welches«, erklärte der junge Mann. »Aber wir können den Auspuff ja bis dahin provisorisch mit Draht befestigen.«

»Das kann ich auch selber. Aber ich finde es schon ziemlich speziell, dass im ganzen Ort nichts geschweißt werden kann. Gehen die Autos der Touristen nie kaputt?«

»Die sind meistens relativ neu. Obwohl gegen den Sierra nichts einzuwenden ist. Ich hatte selbst mal einen, noch zwei Jahre älter als der hier.«

Niko beruhigte sich langsam. Ein Mensch, der einmal einen Ford Sierra besessen hatte, konnte nicht durch und durch schlecht sein. Er ließ den Kfz-Lehrling eine provisorische Auspuffhalterung anbringen und versprach, den Wagen am nächsten Tag zum Schweißen vorbeizubringen.

Sein Handy spielte die ersten Takte von »Billie Jean« und Niko meldete sich, wobei er so tat, als habe er gerade ganz wenig Zeit. Der Anrufer war Aaros Cousin Julius, der Nikos Einschätzung nach nicht mehr Intelligenz besaß als ein Pantoffeltierchen.

»Hi, Niko. Was ist jetzt eigentlich los, und wo steckt Aaro?«

»Was soll los sein?«, fragte Niko in etwas ungelenkem Englisch zurück.

»Na, weil die Sicherheitspolizei hinter ihm her ist. Und mir hat Aaro am Telefon komisches Zeug über London erzählt …«

Niko wurde hellhörig. Aaro hatte nicht die Angewohnheit, über Peinlichkeiten von früher zu schwadronieren.

»Was ist mit London?«

»Er hat von dieser Gemma geredet, von ihrer Familie. Aber die Familie war doch kriminell! Aaro hat am Telefon gemeint, er hätte genau so ein Mädchen mit so einer Familie hier kennengelernt. Was soll das bedeuten?«

Niko erinnerte sich an den Fall in London, Aaro hatte ihm davon erzählt. Jetzt hatte er angeblich ähnliche Kriminelle hier in Lappland getroffen. Das konnte nur eine Botschaft sein, und diese Botschaft war eindeutig, aber Julius hatte sie natürlich nicht kapiert. Musste er auch gar nicht.

»Mach dir keine Gedanken, Julius. Aaro wird schon nichts passieren«, sagte Niko und beendete das Gespräch.

Dem Mechaniker im Graben unter dem Auto sagte er: »Mach ein bisschen schneller, ich muss dringend weg!«

Die Fotografin Rebecca Jordan saß nachdenklich in ihrem Bungalow und aß Müsli. Sie hätte gern die Terrassentür aufgemacht, hielt es nun aber für klüger, sie geschlossen zu halten.

Unmittelbar nach dem Diebstahl hatte sie in ihrer Aufregung zunächst Anzeige erstatten wollen, aber dann hatte sie sich gefragt, weswegen. Wegen eines verschwundenen schwarzen Steins? Oder was es nun mal war ... Worin mochte sein Wert bestehen? Auf solche Fragen hätte sie nicht antworten können, aber der Diebstahl bewies, dass er irgendwie wertvoll sein musste.

Sie setzte sich an ihren Computer. Schon früher am Tag hatte sie in ihrem Blog etwas über die Schlangenhöhle geschrieben, dabei auch den seltsamen Stein vor der Höhle erwähnt und ein Foto von ihm gepostet.

Jetzt sah sie, dass sie eine Mail erhalten hatte. Sie öffnete sie sofort, denn in der Betreffzeile stand: *Dein seltsamer Fund.*

Ein Finne namens Aaro Nortamo berichtete in der Mail von einem Fund, den er selbst gemacht hatte, und von den sonderbaren Ereignissen, die sich danach um diesen Fund herum entwickelt hatten. Als Rebecca las, dass ein bekannter deutscher Archäoastronom Interesse gezeigt hatte, war sie endgültig davon überzeugt, vor der Höhle etwas Außergewöhnliches gefunden zu haben.

Rebecca las die Mail zwei Mal. Sie glaubte zunächst nicht, dass die Fundstellen auf einer Linie lagen, wie es der Absender behauptete, bis sie es selbst auf der Weltkarte überprüfte.

Es stimmte. Anschließend las sie, was der Australier Scott Donovan von seinem Fund in Perth berichtete.

Danach googelte Rebecca den Namen Andrew Pawlak, auch wenn es eine merkwürdige Vorstellung war, dass sich jemand, der in einen Diebstahl verwickelt war, mit seinem eigenen Namen vorstellen sollte. Der Nachname schien polnisch zu sein, und es gab reichlich davon. Unter den nach Amerika ausgewanderten Pawlaks und ihren Nachkommen hingegen fanden sich nur wenige Andrews, aber keiner von ihnen schien zu passen.

Rebecca klickte noch einen Link an, worauf die Seite der Zeitung *Dallas Morning Star* aufging, und zwar mit einem Artikel über eine Flugschau der Luftwaffe Anfang der Zweitausenderjahre. Auf dem dazugehörigen Foto posierte ein Pilot neben seinem Kampfjet und laut Bildunterschrift hieß der Mann Andrew Pawlak. Rebecca erkannte den Mann, der an ihrer Tür gestanden hatte – bloß zehn Jahre jünger.

Warum hatte ein verdienter Pilot der US Air Force ihr mit seinen Komplizen den Stein gestohlen?

Rebecca suchte nach weiteren Informationen zu dem Mann, doch sie fand keine Spuren mehr.

Ihre Erregung nahm immer mehr zu. Sie würde die Sache nicht auf sich beruhen lassen. Und sie wusste auch schon, an wen sie sich wenden würde.

Sie schrieb eine Mail an einen befreundeten Journalisten bei der *Washington Post,* dessen Spezialgebiet die Streitkräfte waren, und bat ihn, über den Expiloten Andrew Pawlak zu recherchieren. Der Journalist war Rebecca noch einen Gefallen schuldig, nachdem sie vor einiger Zeit ein extrem seltenes Naturfoto für ihn aufgetrieben hatte.

Schließlich schickte Rebecca noch eine Mail an ihre Mitbetroffenen, aktualisierte den Eintrag in ihrem Blog, indem sie von den Funden in Finnland und Australien berichtete, und postete dazu eine Weltkarte, auf der sie die Fundorte markiert hatte.

29

Der Mann mit den dunklen Augenbrauen, der angeblich Rose hieß, lenkte den Honda an den Straßenrand und stellte den Motor ab. Die Straße befand sich mitten im Wald, etwa zwanzig Kilometer östlich von Kittilä, schätzte Aaro.

Er prägte sich die Tätowierung auf Roses Handgelenk ein, das würde später helfen, den Mann zu identifizieren. Der Teil des Tattoos, den man sehen konnte, erinnerte an den dornigen Stiel einer Rose. Vielleicht hieß der Mann tatsächlich Rose, und seine Fantasie hatte bei der Wahl des Tattoo-Motivs nicht besonders weit gereicht. Aber warum sollte ein Krimineller unter seinem richtigen Namen auftreten?

Rose zog eine Automatikpistole aus der Tasche. Koch machte die hintere Tür auf und befahl Aaro, die Hände hinter dem Rücken aufeinanderzulegen. Gleich darauf schnappten Handschellen um Aaros Handgelenke zu.

Nach wenigen Minuten tauchten zwei weitere Autos auf, ein relativ neuer Saab 9-3 Sport Combi und ein Van von Renault. Vier durchtrainiert wirkende Männer in besonders flexiblen Winteroveralls stiegen aus. Alle hatten ihre Wollmützen tief ins Gesicht gezogen. Einer von ihnen wechselte ein paar Worte mit Koch, aber Aaro konnte von der Rückbank des Honda aus nicht hören, was sie redeten. Die Handschellen drückten unangenehm. Diese Männer wirkten so professionell, dass Aaro gar nicht erst auf die Idee kam, über Fluchtmöglichkeiten nachzudenken.

Zwei Mitglieder der Gruppe blieben bei Rose. Sie fuhren den Renault und den Honda tiefer in den Wald hinein. Koch und die beiden anderen setzten sich in den Saab und fuhren in Richtung Kittilä und Ferienzentrum davon.

Koch merkte, dass sich an der Raststelle in der Nähe des Ferienhotels eine Gruppe von Leuten versammelt hatte. Ein Mann versuchte gerade, an der großen, aus Natursteinen gemauerten Feuerstelle Holzscheite zum Brennen zu bringen. In der Ferne, auf dem Vorplatz des Hotels, sah man Samen in Tracht mit Rentieren. Neben der Raststelle war ein großer Lieferwagen geparkt, aus dem gerade Aluminiumkisten mit der Aufschrift CNN ausgeladen wurden.

Kochs Saab fuhr an der Raststelle und dem Hotel vorbei und dann hinauf zu dem Bereich, in dem die Ferienhäuschen standen. An einer Ausbuchtung der Straße hielten die Männer an. In zirka fünfzig Metern Entfernung sahen sie das Objekt, das sie ansteuerten. Die anderen Ferienhäuschen schienen leer zu sein; um diese Tageszeit waren alle Leute auf der Piste oder in der Loipe – oder sie schauten dem Kamerateam von CNN zu.

Doktor Hans Meyer schickte gerade Fotos von dem Kultstab an Professor Campbell-Hewitt in Guatemala, als eine E-Mail bei ihm einging.

Er kannte keine Rebecca Jordan, aber die Betreffzeile veranlasste ihn, die Mail sofort zu lesen. Ihr Inhalt versetzte ihn in Aufruhr. Rasch recherchierte er die Absenderin, und was er fand, war beeindruckend: Die Frau war eine bekannte Naturfotografin, und nichts deutete auf einen Schwindel hin.

Rebecca bat Meyer, sich bei ihr zu melden, doch gerade jetzt war daran nicht zu denken. Stattdessen klickte er den Link zum Weblog der Frau an. Die Weltkarte, die Meyer dort sah, fesselte seine ganze Aufmerksamkeit. Alle drei Punkte in Australien, Indien und Finnland lagen auf einer Linie, und wenn man die Linie um den Globus herum zog, schnitt sie auch Guatemala.

Meyer holte tief Luft.

Das war die Krönung seiner Theorie.

Plötzlich klopfte es heftig an der Tür und er zuckte zusammen. Meyer schob den Karton mit dem Stab unter den Tisch und ging misstrauisch in die Diele.

Er öffnete die Tür einen Spaltbreit – und im selben Moment wurde sie von außen ganz aufgerissen. Meyer blickte in den Lauf einer Pistole. Zwei Männer stießen ihn zur Seite, und hinter ihnen tauchte Robert Koch auf, der einen leichten Ausdruck des Bedauerns im Gesicht hatte.

»Koch! Das hätte ich mir denken können«, sagte Meyer.

Koch durchsuchte mit seinen Helfern die Hütte, bis er

den Stab fand. Er verstaute ihn in einem schwarzen länglichen Kasten; einer der Männer sorgte mit der Waffe dafür, dass die Prozedur nicht gestört wurde.

Anschließend eilten die Eindringlinge zu ihrem Auto.

»Passen Sie auf, Koch!«, brüllte Meyer ihnen hinterher. »Sie wissen nicht, was Sie tun! Die Sonde reagiert auf Bewegung, das habe ich gerade festgestellt! Und ich weiß jetzt sicher, wo sich die Muttersonde befindet …«

Die Männer ließen sich nicht beirren und stiegen in den Wagen. Koch setzte sich auf die Rückbank und nahm den Kasten mit dem Stab auf die Knie.

Der kahle Kopf und der dicke Wolfspelz sorgten für einen deutlichen Kontrast auf dem Monitor der Überwachungskamera. John Hudson stand in würdevoller Haltung in seinem Pelz vor der Raststelle in der Nähe des Hotels. Ringsum, und sogar auf dem Dach der Rasthütte, hatten sich neugierige Urlauber versammelt, hauptsächlich Kinder, die meinten, Zeugen von etwas sehr Bedeutungsvollem zu sein. Das garantierten die Techniker in den Daunenjacken, auf deren Rücken CNN stand. Der Kameramann baute seine Kamera auf, der Tonmann richtete die Mikrofone.

Hudson hatte bewusst die Raststelle bei dem Hotel als Drehort für den CNN-Beitrag gewählt, in dem es darum ging, wie die Astronomen im Fjällgebiet Lapplands ihre Freizeit verbrachten. Es kribbelte in seinem Bauch vor Spannung, aber er ließ sich nichts anmerken. Am nächsten Tag würde er zur Forschungsstation in Sodankylä zurückkehren, um dort den inhaltlich wichtigeren Teil des Dokumentarfilms zu drehen.

Ein Redakteur mit Pelzmütze, dickem Schal und Dufflecoat pickte gerade Freiwillige für Interviews aus der Touristenschar heraus, und es bestand kein Mangel. Eine dicke Engländerin in anilinrotem Skioverall trat hervor und wartete, dass sich die Kamera auf sie richtete.

»Wussten Sie, dass hier im Norden amerikanische Wissenschaftler tätig sind?«, fragte der Redakteur.

Gerade als die Frau antworten wollte, brüllte jemand aus vollem Hals: »Hallo!«

Der Ruf kam von der Straße, die den Hang herabführte. Im selben Moment kam von oben ein Auto heruntergeschlittert, dessen Reifen auf dem vereisten Schnee nicht griffen.

Ein Raunen ging durch die Menge, als der blaue Saab angeschossen kam, sich an der Kreuzung neben dem Parkplatz querstellte und mit der Seite gegen einen Altpapierbehälter aus Kunststoff prallte. Die Wagentüren gingen auf und drei Männer sprangen heraus.

Hudson richtete seine Aufmerksamkeit jedoch vor allem auf Meyer, der sich seinen Lodenmantel wie einen Umhang übergeworfen hatte und von dem das »Hallo« gekommen war. Der Mann trug Wanderschuhe mit offenen Schnürsenkeln, über die er auf der glatten Straße stolperte. Mit vor Aufregung rotem Gesicht schrie er, so laut er konnte:

»Haltet die Diebe!«

Im selben Moment kamen vier Motorschlitten aus dem

Wald. Die Männer, die aus dem Saab gesprungen waren, wären von dem ersten Schlitten fast überfahren worden.

»Zurück!«, rief jemand.

Mehrere Touristen hatten ihre Handys gezückt. Manche telefonierten, andere filmten das überraschende Schauspiel.

Plötzlich kam alles zum Stehen und es wurde still.

Der Kamerascheinwerfer von CNN ging aus, die Touristen merkten, dass ihre Handys verstummten. Die vier Motorschlitten stoppten mitten auf der Straße, und der Reisebus, der vor dem Hotel angehalten hatte, sprang nicht mehr an.

Der Erste, der die verblüffte Stille brach, war Doktor Meyer. Er rannte den drei Männern hinterher, die um die Ecke des Hotels verschwanden, und rief beinahe hysterisch: »Da seht ihr es! Ihr bringt alle in Gefahr … Bleibt stehen! *Helft mir!*«

30

Rose hatte seinen Honda-SUV zunächst im Leerlauf auf dem oberen Hotelparkplatz stehen lassen. Aaro gefiel das Ganze überhaupt nicht; auf einer Straße im Wald war ein weiterer Mann im Overall eingestiegen und hatte den größten Teil der Rückbank okkupiert. Und hier, auf dem Parkplatz oberhalb des Hotels, war keine Menschenseele, der er durch die Fensterscheiben hätte signalisieren können, dass er nicht freiwillig in diesem Auto saß, sondern als Gefangener.

Vor wenigen Minuten war der Motor dann plötzlich ausgegangen und der Mann im Overall war ausgestiegen. Koch war mit einem länglichen schwarzen Kasten, einer Art Etui, angerannt gekommen. Aaro reckte den Kopf und sah, wie der Mann im Overall den Hang neben dem Hotel hinunterrannte. An der Ecke unten traf er zwei andere Männer, die genauso angezogen waren wie er. Sie steckten das Etui in eine schwarze Tasche.

Nun tauchte der deutsche Doktor in seinem grünen Lodenmantel an der Ecke auf und rief etwas, das Aaro nicht verstand. Die Männer in den Overalls kamen wieder zum Honda gerannt, hinter dem inzwischen der Renault-Van angehalten hatte. Einer der Männer blieb plötzlich stehen, zog eine Pistole und schoss zweimal in die Luft. Sofort machte der Deutsche kehrt und ging hinter der Ecke des Hotelgebäudes in Deckung.

Koch und einer der Männer im Overall zwängten sich mit der schwarzen Tasche auf die Rückbank des Honda. Keiner sagte ein Wort. Rose trat aufs Gas und steuerte die Straße an, die vom Hotel aus zum Fjäll hinaufführte und erst mehrere Kilometer außerhalb der Ortschaft auf die Fernstraße stieß. Der Van folgte ihnen, stellte Aaro fest.

Er hatte keinen Zweifel über den Inhalt der schwarzen Tasche. Sie enthielt das Original des samischen Kultstabs.

Im US-Bundesstaat New Mexico gab es mehrere Einrichtungen, die ihre Aktivitäten geheim hielten: die Kernwaffenlabors in Los Alamos und Sandia, das Raketentestgelände White Sands, die Radioteleskope von Socorro und der Luftwaffenstützpunkt Kirtland, auf dem sich auch das Forschungszentrum der US Air Force befand.

Auf den Dächern des Gebäudekomplexes in Kirtland, der zu den geheimsten gehörte, ragte ein Meer von Antennen auf. Dazwischen zeichnete sich eine riesige Satellitenschüssel ab, und im abgezäunten, von Kameras überwachten Innenhof stand ein enormer Antennenmast.

Im Kontrollraum im Kellergeschoss des Gebäudekomplexes wurden Informationen aus der ganzen Welt empfangen, denn es gehörte zu den Aufgaben der Unit 6, sämtliche UFO-Beobachtungen zu bewerten, ganz gleich in welchem Land. Ein Teil der Informationen war geheim, etwa die Nachrichten, die von den größten Radioteleskоpen und von Angehörigen der Streitkräfte kamen, bei anderen Informationen handelte es sich um öffentlich zugängliches Nachrichtenmaterial.

Im Kontrollraum von Unit 6 hielten sich in diesem Moment außergewöhnlich viele Leute auf, denn die Operation Solaris war auf vier Kontinenten gleichzeitig angelaufen: in Indien, in Australien, in Finnland und in Guatemala. Geleitet wurde die Operation von Oberstleutnant Malcolm McKelly.

Er blickte auf einen großen Bildschirm, der eine Weltkarte zeigte. Auf einer geraden Linie, die um den ganzen Globus herumlief, sah man vier Punkte. Sie waren jetzt grün, das hieß, dass alles plangemäß verlief.

Das zentrale Nervensystem der Operation bildete eine Wand aus großen Fernseh- und Computerbildschirmen, über die der Informationsstrom der weltweit führenden Nachrichtenmedien flimmerte: Reuters, BBC, CNN, ABC, AP, AFP …

An kleineren Monitoren durchforsteten zehn Mitarbeiter alle möglichen Internetseiten. Bald würde aus dem unendlichen Informationsuniversum aus Blogs, Foren und kleinen Nachrichtenorganen Material ins Angebot der großen Medien sickern und auf diesem Weg bis ins Bewusstsein der Menschen auf der ganzen Welt vordringen. Was da auf den Fernsehschirmen im Kontrollraum pulsierte, war das kollektive Bewusstsein der Menschheit.

31

Niko ließ die Kupplung kommen und der Sierra rollte in aller Ruhe vom Gelände der Werkstatt. Dabei horchte er auf den Auspuff. Das nervende Klappern war nicht mehr zu hören. Innerhalb kurzer Zeit war es ihm gelungen, sich mit dem Sohn des Werkstattbesitzers anzufreunden. Darum wusste er, dass der Auspuff am nächsten Tag garantiert festgeschweißt würde. Bei der Gelegenheit würde auch gleich das Scheinwerfergehäuse vorne rechts ausgetauscht werden. Angeblich stand auf dem hiesigen Schrottplatz ein Ford Sierra der gleichen Baureihe herum, der noch alle Lichter hatte. Niko war zufrieden, das Gehäuse fast umsonst zu bekommen. Da blieb noch was für die ewig leere Benzinkasse übrig.

Von rechts kam eine echte Rarität die Dorfstraße entlang: ein weißer Lada 1200 L. Niko bestaunte das blitzblank polierte Sammlerstück, das sogar Aluminiumfelgen hatte. Dann blickte er nach links und sah einen roten Honda-SUV mit leicht überhöhter Geschwindigkeit vorbeirauschen.

Im Heckfenster erkannte er das Gesicht eines Jungen, der Aaro Nortamo täuschend ähnlich sah.

Niko fackelte nicht lange, sondern versuchte sofort auf

die Straße zu kommen. Doch zunächst musste er einen braunen Renault-Van vorbeilassen, der dem Honda folgte. Dann ließ Niko den Motor aufheulen. Er trat aufs Gas und hing wenig später an der Stoßstange des Renault. In dem Van schienen Männer in dunkler Kleidung zu sitzen, mehr konnte man nicht erkennen. Niko tastete nach seinem Handy, um Aaro anzurufen, verwarf den Gedanken aber gleich wieder. Der Hinweis, den Aaro seinem Cousin Julius gegeben hatte, war eindeutig.

Bald bogen der Honda und der Renault in eine schmale Nebenstraße ab und fuhren in Richtung Westen weiter. Niko folgte ihnen, vorsichtig, dafür umso entschlossener.

Einige Kilometer lang ging es ohne Unterbrechung geradeaus. Niko hielt etwa zweihundert Meter Abstand, um nicht bemerkt zu werden. Zweihundert Meter hinter ihm wiederum fuhr ein schwarzer Ford Focus, der ihm schon seit dem Zentrum von Kittilä folgte.

Die Straße machte eine Kurve, und durch die hohen Schneewälle am Rand konnte man nicht sehen, was dahinter kam. Der Honda und der Renault erhöhten die Geschwindigkeit und verschwanden in der Kurve. Niko konnte gerade noch die Wagendächer über dem Schneewall erkennen und ging etwas vom Gas. Auf der einsamen Straße würden ihm die Autos nicht entkommen, aber er musste aufpassen, dass sie ihm nicht auflauerten.

Hinter der Kurve kam eine Überraschung: Der Honda und der Renault hatten an der Kreuzung einer noch kleineren Nebenstraße gewendet und kamen Niko jetzt in vollem Tempo entgegen. Er musste abrupt ausweichen, die rechte Seite des Sierra geriet in den weichen Schnee am Straßenrand, es stob weiß auf, der Motor heulte, und dann blieb das Auto stehen, während der Honda und der Renault zur Hauptstraße zurück rasten.

Niko schimpfte über sein Pech. Woher hätte er wissen sollen, dass es nach der Kurve eine Wendemöglichkeit gab?

Der schwarze Ford hielt hinter ihm an. Zwei Männer in dunklen Mänteln stiegen aus. Der eine hielt die rechte Hand in der Tasche.

»Polizei«, sagte der andere. »Wir hätten da ein paar Fragen.«

Doktor Meyer gestikulierte aufgeregt, während er mit seinem Kollegen Hudson und mit CNN-Redakteur Rick Harris redete. Eine bunt gemischte Menschenmenge hatte sich um sie herum versammelt, die gern eine Erklärung dafür gehabt hätte, warum ihre Motorschlitten plötzlich ausgegangen und ihre Handys verstummt waren.

»Höchstwahrscheinlich liegt hier ein Effekt wie ein EMP vor, ein elektromagnetischer Impuls beziehungsweise die Entladung einer elektromagnetischen Strahlung, die elektronische Geräte beschädigt«, sagte Meyer sehr ernst, ja geradezu erschüttert.

Hudson wirkte ungläubig und zog sich mit Meyer und Harris hinter den Lieferwagen zurück, den CNN gemietet hatte. In dem Moment hielt neben ihnen ein Streifenwagen der Polizei. Ein junger Polizist stieg aus, der kurz auf Englisch grüßte und sich dann erkundigte, was sich ereignet hatte. Gerade waren in der Notrufzentrale sechs Anrufe eingegangen.

»Ich bin beraubt worden«, erklärte Meyer blass. »Man hat mir einen antiken Gegenstand gestohlen, den ich legal erworben habe …«

»Dann ist die Angelegenheit ja ziemlich einfach. Wir nehmen bloß eine Anzeige auf.«

»Das ist keine einfache Angelegenheit. Vielmehr liegt ein Verbrechen von außergewöhnlicher Tragweite vor«, entgegnete Meyer und sah den Polizisten mit seinem einen Auge intensiv an. Hudson machte den Mund auf, um etwas zu sagen, schloss ihn dann aber entschieden. Der Redakteur nickte seinem Kameramann bedeutungsvoll zu, worauf dieser die Videokamera aufnahmebereit machte.

»Hinter dem Raub steckt die Regierung der Vereinigten Staaten«, sagte Meyer.

Der Polizist schaute ihn verdutzt an. Hudson schwieg. Er schien mit seinen eigenen Gedanken beschäftigt zu sein.

Der Kameramann von CNN schaltete die Kamera ein und der Redakteur sagte: »Könnten Sie das noch einmal wiederholen, Herr Doktor Meyer, wir zeichnen das Interview mit Ihnen auf …«

Meyer wirkte so aufgeregt, dass er kaum sprechen konnte. »Die Armee der Vereinigten Staaten unterhält in Kirtland in New Mexico eine geheime Spezialabteilung, die alle UFO-Beobachtungen auf der Welt überprüft. Alles, was aus dem Weltall kommt und als Äußerung intelligenten Lebens gedeutet werden kann. Die Unit 6 in Kirtland wird zum Beispiel als Erstes informiert, wenn die größten Radioteleskope bedeutsame Signale empfangen. Und sie entscheidet in Absprache mit dem Pentagon, der CIA und dem Weißen Haus, ob die Beobachtungen an die Öffentlichkeit kommen …«

Der Redakteur wirkte nun mindestens so aufgeregt wie Meyer, der in schnellem Tempo weitersprach: »Im Zusammenhang mit der Sonderabteilung gibt es einen wissenschaftlichen Beirat namens SABET – *Scientific Advisory Board for Extra Terrestrials.* Wie viele andere Wissenschaftler war auch ich für dieses Gremium beratend tätig und habe eine Geheimhaltungserklärung unterschrieben. Aber jetzt bin ich der Ansicht, dass das Vorgehen der USA in krasser Weise gegen alle möglichen Spielregeln verstößt, weshalb ich in diesem historischen Augenblick meinen Vertrag mit dem SABET kündige. Historisch insofern, als wir nun einen konkreten Beweis dafür besitzen, dass einmal fremde Zivilisationen unseren Planeten besucht haben …«

Hudson trat ein Stück zur Seite und wählte auf seinem Handy eine Nummer. Er bemerkte nicht den spindeldürren britischen Teenager, der sich auf dem Parkplatz über die Filmaufnahmen wunderte und seinerseits mit dem Handy telefonierte.

32

Aaro stieß mit dem Kopf gegen das gepolsterte Dach des Honda, als das Auto in eine scharfe Kurve fuhr. Kurz zuvor hatte der Fahrer so rabiat gewendet, dass der Honda auf der glatten Straße ins Schlingern geriet. Aaro hatte plötzlich Nikos Sierra vor sich gesehen und sich schon gefreut, aber dann hatte Niko ausweichen müssen und war im Schnee stecken geblieben. Kurz darauf war ein schwarzer Ford entgegengekommen, der die Lichthupe betätigte. Der Honda und der Van, der ihm folgte, waren jedoch in vollem Tempo weitergefahren und auf der Hauptstraße in Richtung Norden abgebogen.

Aaro konnte nichts tun, nach wie vor drückten ihn schmerzhaft die Handschellen. Aber er wäre sowieso nicht aus dem Wagen herausgekommen. Die Türen ließen sich nicht von innen öffnen, und neben ihm auf der Rückbank saßen zwei kräftige Männer. Zwischen ihnen stand die schwarze Tasche.

Rose, der am Steuer des Honda saß, hatte einen Knopf im Ohr und ein Mikrofon unterm Kragen.

»Charlie, Bravo«, sagte er. »Die Drei bestätigt die neuen Anweisungen: Tango-zwei.«

Sprach der Mann mit der Besatzung des Vans?

Nach einer Weile bogen die Autos in eine kurvenreiche schmale Straße ein, die durch den Wald nach Osten führte. Koch wandte sich zu Aaro, lächelte und sagte in breitem amerikanischem Englisch: »Dir passiert nichts, solange wir das Ding haben. Wir machen nur unsere Arbeit.«

»Was ist das eigentlich für ein Ding?«

Der Mann wurde ernst. »Das finden wir jetzt heraus.«

Angespannt saß Niko am Steuer seines Ford Sierra. Er hatte mit den Männern von der Sicherheitspolizei vereinbart, so schnell wie möglich zum Fremdenverkehrszentrum zurückzukehren, während die Polizisten nach Süden weiterfuhren, denn sie konnten nicht wissen, welche Richtung der Honda und der Renault auf der Hauptstraße eingeschlagen hatten. Sicher war lediglich, dass sie nicht weit kommen würden. Sämtliche Polizeistreifen im westlichen Lappland waren informiert. Eine Streife hatte sich vom Parkplatz des Ferienhotels gemeldet, das Niko gerade ansteuerte.

Unterwegs sah er keine Spur von dem Honda und dem Renault, so wie er es auch vermutet hatte. Aber vor dem Hotel schien eine Menge zu passieren; neben mehreren Pkws standen ein Polizeiauto, ein Saab, der einen Altpapiercontainer plattgemacht hatte, mehrere Touristenbusse und vor allem jede Menge staunender Menschen herum. Mitten auf dem Parkplatz waren ein alter Mann in grüner Wanderkluft, zwei Polizisten in Uniform und ein Kamerateam zu erkennen. Aaros Cousin Julius lief neben dem Polizeiauto hin und her und schien nicht recht zu wissen, wo er hinwollte.

Niko ging direkt zu dem Streifenwagen, denn er hatte ja versprochen, mit der Sicherheitspolizei zusammenzuarbeiten. Julius heftete sich an seine Fersen.

»Was ist hier los? Wo ist Aaro? Was hat das mit der Familie in London zu bedeuten?«

»Alles zu seiner Zeit«, sagte Niko würdevoll und ging auf die uniformierten Polizisten zu. Sie redeten gerade mit einem Mann, dessen Mantel einen Pelzkragen hatte und der allem Anschein nach ihr Vorgesetzter war. Das Handy des Mannes klingelte, und er hörte kurz zu, was ihm übermittelt wurde.

»Sie sind auch auf dem Weg hierher«, sagte der Mann, nachdem er das Gespräch beendet hatte. »Die Gesuchten sind verschwunden.«

»Ich weiß«, antwortete Niko. »Ich hab mit den Jungs aus dem Focus vereinbart, dass ich direkt hierher fahre.«

»Du bist also der Sierra-Fahrer?«

»Ich bin der Sierra-Fahrer.«

»Sind Sie der Polizeichef?«, rief aus der Entfernung der einäugige Mann im grünen Lodenmantel. CNN hatte ihn gerade gefilmt, und jetzt richtete sich die Kamera auf die Polizisten, von denen einer ein paar Worte mit dem Redakteur wechselte.

»Kommissar Vähäsarja von der Zentralen Kriminalpolizei Finnlands«, stellte er sich vor.

»Ich habe Ihnen etwas zu berichten«, fing der ältere Mann aufgeregt an, verstummte aber auf ein Zeichen des Kommissars.

»Wir sind hier, weil wir vom Staatlichen Technischen

Forschungslabor STF um Amtshilfe gebeten worden sind«, sagte Kommissar Vähäsarja.

»Ach ja? Warum? In welcher Angelegenheit?«

»Darauf kann ich nicht antworten.«

Niko sah überrascht zu, wie der seltsam gekleidete alte Mann den Kommissar einfach am Arm packte und zur Seite zog.

»Ich bin Doktor Hans Meyer von der Berliner Humboldt-Universität«, sagte Meyer zu dem Kommissar, wobei er so langsam und deutlich auf Englisch artikulierte, wie es ihm nur möglich war. »Ich bin Sternkundler, spezialisiert auf Archäoastronomie. Ich verfüge über äußerst bedeutsame Informationen. Was wissen Sie über den vertauschten Museumsgegenstand?«

»Dazu kann ich nichts sagen. Unsere Ermittlungen sind noch im Gange ...«

»Ich sehe mich nun gezwungen, Einzelheiten preiszugeben, die Ihnen hoffentlich helfen werden, den Ernst der Lage zu begreifen. Sie stehen unter Schweigepflicht. Ich habe die UFO-Beobachtungseinheit der US-Luftwaffe beraten. Hier in Lappland wollte ich einen Gegenstand untersuchen, auf den mich Doktor Hudson, der in der Forschungsstation Sodankylä tätig ist, hingewiesen hat. Ich betrachte es als Aufgabe des finnischen Staats, zu gewährleisten, dass der besagte Gegenstand nicht in falsche Hände gerät. Er gehört der ganzen Menschheit, der gesamten Wissenschaftsgemeinde, nicht den geheimen Organen von Großmächten.«

Kommissar Vähäsarja hörte Meyer mit einem Gesichtsausdruck zu, als sähe er ein Gespenst oder gleich zwei.

Meyer fuhr in strengem Ton fort: »Jetzt will ich vom technischen Forschungszentrum alle vorhandenen Informationen zum Thema haben.«

Die Start- und Landebahn des Flughafens Kittilä war verlassen. Gerade war ein Airbus voller Touristen nach Paris in den Luftraum aufgestiegen. Nur ein stromlinienförmiges Geschäftsflugzeug der Marke Gulfstream wartete noch auf die Starterlaubnis.

Der rote Honda hielt vor dem Flughafengebäude an und der Fahrer stellte den Motor ab. Im Terminal schaute eine gähnende Angestellte träge auf das Auto vor der Glasfront. Nach dem Start der Privatmaschine würde es an diesem Tag keine Flüge mehr geben.

Die Männer auf der Rückbank beugten sich nach vorne zum Fahrer und diskutierten mit gesenkten Stimmen. Aaro verstand so gut wie nichts. Nach dem ersten Schreck hatte er festgestellt, dass die Männer eigentlich ganz korrekt waren. Sie wirkten vielleicht doch eher wie Leute, die für eine Behörde arbeiteten, als wie Verbrecher. Andererseits hatten sich die Behörden der USA schon oft genug weltweit mit Aktionen hervorgetan, die sich im Grenzbereich der Legalität bewegten. Aaro versuchte sich trotzdem zu trösten: Die Amerikaner würden ihm nichts antun.

Plötzlich wurde von außen die Heckklappe des Honda aufgerissen.

Pentti Järvinen, Wissenschaftler am staatlichen technischen Forschungslabor STF, rieb sich nach der langen Fahrt die müden Augen. Er hatte die dreihundert Kilometer von Oulu nach Kittilä in Rekordzeit zurückgelegt. Mit Kommissar Vähäsarja hatte er schon einmal zu tun gehabt, wohingegen er sich an den nervösen Kommandoton des grün gekleideten Deutschen erst gewöhnen musste. Allerdings war die Lage zweifellos so, dass man sich über eine gewisse Nervosität nicht zu wundern brauchte.

»Sind Sie sich bei Ihrem Untersuchungsergebnis absolut sicher?«, fragte Meyer erneut.

»So sicher wie man bei unseren Messmethoden und Analysen sein kann. Und das sind nicht die primitivsten, wie Sie bestimmt wissen«, gab Järvinen zurück. »Wir verwenden unter anderem ein Spektrophotometer. Insgesamt wurde die Probe vier Mal untersucht, weil alle behaupteten, es liege ein Messfehler vor. Es war aber kein Messfehler. Die Metalllegierung ist schlicht und einfach vollkommen unbekannt. Darum haben wir auch die Sicherheitspolizei aktiviert.«

»Ich werden Ihnen jetzt den Grund dafür nennen, dass Sie die Metallverbindung nicht kennen«, sagte Meyer leise.

»Das wäre schön zu wissen.«

»Die Verbindung, die in dem ovalen Stück des Stabs enthalten ist, stammt nicht von der Erde.«

Man sah an Järvinens ganzer Körperhaltung, dass er schlagartig aufmerksam wurde.

DRITTER TEIL

33

Der grün gekleidete, nervös gestikulierende Mann mit der lauten Stimme hatte Nikos Interesse geweckt. War der Einäugige mit den Wanderschuhen der Doktor, von dem Aaro gesprochen hatte?

Niko schlüpfte unauffällig ins Hotelfoyer, in das der Kommissar der Zentralkripo dem grün Gekleideten gefolgt war. Der Wissenschaftler diskutierte dort heftig mit einem anderen Finnen. Das Handy des Kommissars hatte pausenlos geklingelt, aber jetzt sah es so aus, als würde man ihm am anderen Ende der Leitung endlich etwas Wichtiges mitteilen, denn er hörte aufmerksam zu und sagte dann laut zu den anderen: »Der Honda ist am Flughafen Kittilä und die Insassen steigen in ein Geschäftsflugzeug um.«

Niko hatte das Gefühl, als würde der grün gekleidete Doktor vor Wut zehn Zentimeter vom Boden abheben, als er das hörte.

»Die Amerikaner wollen den Gegenstand außer Landes bringen! Sie müssen daran gehindert werden … und sei es mit Gewalt!«

»Ganz ruhig«, sagte der Kommissar. »Wir müssen zuerst klären, ob wir überhaupt befugt sind, sie aufzuhalten. Angeblich besitzen die Männer gültige Pässe.«

Allmählich wurde Aaro von Panik erfasst. Was würden die Amis mit ihm machen, falls er ihrer Meinung nach zu viel wusste?

Einer von ihnen nahm die schwarze Tasche von der Rückbank sowie eine Sporttasche aus dem Laderaum des Wagens, während Rose wieder in sein Funkgerät sprach, ohne dass Aaro etwas verstehen konnte. Zwei Männer mit Pelzmützen und Signalwesten füllten gerade Treibstoff aus einem Tankwagen in ein Geschäftsflugzeug. Ein silberhaariger Mann in Pilotenuniform schaute sich nachdenklich das linke Triebwerk des Flugzeugs an und ging dann zum hinteren Teil der Maschine weiter.

Eine Frau mit dem Logo einer Reinigungsfirma auf der Jacke kam an dem Honda vorbei. Aaro holte schon Luft, um etwas zu sagen, aber da schlug der Amerikaner die Heckklappe zu. Aaro sah durchs Heckfenster, wie die Frau zur Eingangstreppe des Jets eilte und aufgeregt mit jemandem im Cockpit sprach, wobei sie einen leeren schwarzen Müllsack schwenkte. Jemand von der Besatzung riss ihr den Sack aus der Hand und gab ihr stattdessen eine volle Mülltüte. In die Maschine ließ man sie nicht hinein.

Alles wirkte wie einstudiert. Die Männer in den Overalls schlossen den Honda ab und eilten zum Flugzeug. Aaros Handgelenke brannten von den Handschellen. Der eine Mann trug die Taschen, von denen eine nicht besonders schwer zu sein schien, der andere einen großen braunen Aktenkoffer.

Aaro warf einen Blick nach hinten in den Kofferraum.

Der Aluminiumkoffer mit dem rot-weißen FRAGILE-Aufkleber stand noch immer dort. Zerbrechliche Ware … Der Stab musste in diesem Koffer sein. Warum warteten die Männer damit bis zuletzt?

34

Rebecca Jordan hörte am Telefon aufmerksam zu, was der befreundete Journalist aus Washington sagte.

»Du meinst, ein Mann namens Andrew Pawlak hat bei dir an der Tür gestanden, nach einem Stein gefragt, und währenddessen ist dir genau dieser Stein gestohlen worden?«

»Genau«, antwortete Rebeca. »Hast du etwas herausgefunden?«

»Pawlak war ein Kampfflieger der Spitzenklasse, der in den Neunzigerjahren in eine andere Abteilung der Luftwaffe versetzt worden ist und seitdem Sonderaufgaben übernimmt.«

Rebecca hörte interessiert zu. »Sonderaufgaben?«

»Das ist jetzt ein bisschen diffus …«

»Nämlich?«

»Er arbeitet für eine Spezialabteilung in Kirtland, über die alle möglichen Gerüchte in Umlauf sind.«

»Wovon redest du?«

»Die Luftwaffe hat viele geheime Abteilungen, vor allem im Forschungsbereich.«

Rebecca wurde hellhörig. »Und in welcher Abteilung ist der Bursche nun tätig?«

»Man munkelt, es wäre eine geheime Forschungseinheit, die interessante UFO-Beobachtungen untersucht. Die Air Force hat nie offiziell zugegeben, dass eine solche Einheit existiert.«

Rebecca konnte vor Aufregung nichts sagen.

»Wenn du den Stein nicht mehr hast, kann ich keinen Artikel schreiben. Ich bräuchte konkrete Beweise. Das verstehst du doch?«

»Na klar«, sagte Rebecca in Gedanken versunken. »Aber trotzdem danke.«

Zwar wurde es im Winter so hoch im Norden auch tagsüber nicht richtig hell, aber gegen Abend merkte man, wie die Dämmerung sich merklich verdichtete. Niko nahm ruhig die letzte Kurve und ging dann vom Gas, um keine Aufmerksamkeit zu erregen, und ließ den Wagen auf den Kurzzeitparkplatz rollen.

Hinter dem eckigen Tower des Flugplatzes sah man nur eine Maschine stehen. Es war ein privater Gulfstream-Jet ohne jede Aufschrift. Zwischen dem Flugzeug und dem Terminal war deutlich der rote Honda zu erkennen. Wieso hatten sie die Genehmigung, mit einem Privatfahrzeug aufs Flugplatzgelände zu fahren?, wunderte sich Niko. Wegen der Entfernung konnte er nicht erkennen, ob Aaro noch im Wagen saß.

Niko schloss seinen Sierra ab. Das Verhalten der Amerikaner machte ihn allmählich richtig sauer. Entschlossen ging er auf den Personaleingang des Flughafengebäudes zu.

Robert Koch nahm das Motorola-Satellitentelefon aus der Tasche und wählte sich ins Iridium-Netz ein, das die gesamte Erde umspannte.

Er wartete, bis die Automatikwahl die Verbindung mit Kirtland hergestellt hatte, dann gab er eine Lagebeschreibung: »Fünfzehn Minuten null, null bis zum Start, alles in Ordnung. Die Maschine ist gleich fertig. In fünf Minuten null, null lassen wir den Jungen frei.«

Nachdem er die Bestätigung gehört hatte, atmete Koch erleichtert auf. Einsätze im westlichen Teil Europas waren nicht unbedingt einfacher als anderswo. Häufig verursachten die Hierarchien in der Bürokratie befreundeter Staaten Verzögerungen und Probleme.

Aber jetzt musste eigentlich alles in trockenen Tüchern sein. Er sah zu, wie seine Mitarbeiter von der Gulfstream zum Honda zurückgingen, und blickte auf die Uhr. Es war Zeit, den Jungen zu holen. Koch empfand sogar eine leichte Sympathie für den jungen Mann. Er war neugierig und mutig, so wie Koch selbst in dem Alter gewesen war, lange vor seinem Eintritt in den Staatsdienst.

Entschlossen ging er auf den Honda zu, in dem der finnische Junge wartete.

Aaro sah, wie Koch näher kam und dabei ein Gerät, das aussah wie ein Satellitentelefon, in die Tasche steckte. Aaros Herz pochte bei dem Versuch, am Gesicht des Mannes abzulesen, was er vorhatte.

Koch riss die Tür auf. »Ganz ruhig.«

Während er das sagte, griff der Mann in die Jackentasche – wahrscheinlich nach seiner Waffe. Aaro spannte sämtliche Muskeln an und machte sich zur Flucht bereit, auch wenn er selbst wusste, wie aussichtslos das wäre.

»Ich nehme dir die Handschellen ab, die drücken bestimmt schon. War eine reine Vorsichtsmaßnahme, dafür hast du bestimmt Verständnis.«

Der Mann zog keine Waffe aus der Tasche, sondern den Schlüssel für die Handschellen. Er half Aaro mit festem Griff aus dem Wagen, packte ihn an den Unterarmen und führte ihn zu dem braunen Renault.

Aaro war erleichtert, dass man ihn nicht zu der Gulfstream-Maschine brachte, die vermutlich Finnland verlassen und Nordamerika anfliegen würde. Er konnte den Kopf so weit drehen, dass er noch einen Blick auf die etwa dreißig Meter entfernt stehende Maschine werfen konnte.

Neben den beiden Männern in den grünen Signalwesten, die das Flugzeug betankten, war ein dritter Mann aufgetaucht, ebenfalls in grüner Weste.

Aaro wäre fast zusammengezuckt, als er den Mann erkannte. Es war Niko. In Overall und Signalweste des Bodenpersonals. Er wirkte etwas orientierungslos, und jetzt sagte einer von der Tankwagenbesatzung etwas zu ihm.

Aaro sog die beißend kalte Luft ein und schrie so laut er konnte auf Finnisch:

»Der Aluminiumkoffer mit dem rot-weißen Glasaufkleber!«

»*Shut up!*«, fuhr Koch ihn an und stieß ihn gegen den Renault. Diese Männer konnten zupacken, dachte Aaro, als er grob in den Renault verfrachtet wurde und dabei mit dem Kopf anstieß.

Niko sah gerade noch, wie der Amerikaner Aaro in den Renault stieß und dann die Tür zuschlug. Aluminiumkoffer? Bevor er weiter nachdenken konnte, kam einer der Männer, die das Flugzeug betankten, zu ihm und schob die Pelzmütze nach hinten, um den unbekannten Kollegen besser zu sehen.

»Wer bist du denn? Heißt du Mähönen? Hat Pena dich geschickt?«

»Das ist nicht der Mähönen«, rief der andere Mann von weiter weg.

Niko beschloss, sich taub zu stellen. Entschlossen ging er auf den roten Honda zu. Gerade öffnete einer der Amis erneut die Hecktür des Wagens. Die Arbeiter am Tankwagen interessierten sich nun immer mehr für Niko.

»Jorma, he, wer ist der Typ da eigentlich?«, wunderte sich der eine.

Indessen nahm der Amerikaner mit den Stoppelhaaren einen matt glänzenden Aluminiumkoffer aus dem Honda, auf dem ein weiß-roter Aufkleber mit dem Piktogramm eines Sektglases zu sehen war. Der Mann schloss die Heckklappe und marschierte auf die Treppe der Gulfstream-Maschine zu, wo ein Kollege auf ihn wartete.

Niko legte einen Zahn zu und steuerte die Tür des Terminals an, sodass sich sein Weg mit dem des Amerikaners schnitt. Auf der Höhe des Tankwagens waren sie nur noch einen Meter voneinander entfernt, und mit einer blitzschnellen Bewegung griff Niko nach der rechten

Hand des Amerikaners, riss sie mitsamt dem Aluminiumkoffer nach oben und ebenso abrupt wieder nach unten, worauf der Mann den Tragegriff losließ und der Koffer auf den schneebedeckten Asphalt fiel.

Niko schnappte sich den Koffer, und rannte zum Tankwagen, noch bevor sein Gegner die Situation überhaupt erfasst hatte. Er sprang ins Führerhaus, startete den Motor und legte den ersten Gang ein. Die Flughafenarbeiter in den grünen Westen und die Amerikaner in ihren Overalls erstarrten auf der Stelle vor Entsetzen, als sie sahen, wie der Tankwagen losfuhr, obwohl der Schlauch noch am Flugzeug befestigt war. Der Schlauch spannte sich wie die Saite einer Geige und riss dann vom Einfüllstutzen unter der Tragfläche der Gulfstream ab.

Niko trat noch mehr aufs Gas. Das Sicherheitsventil stoppte den Pumpvorgang, trotzdem spritzte literweise Kerosin aus dem hin und her schleudernden Schlauch auf die Erde und auf den Honda. Niko gab weiter Gas. Nun schlug der Metallring am Ende des losen Schlauchs mit voller Wucht gegen die vordere Stoßstange des Honda, sodass Funken spritzten.

Einer der Funken entzündete das ausgetretene Flugbenzin, das sofort mit einem heftigen Rauschen in Flammen aufging. Im Nu verschwand der rote Honda in einem riesigen Feuer, und innerhalb weniger Sekunden liefen außerdem Flammen an der Brennstoffspur entlang über das Rollfeld. Zum Glück war keine Flüssigkeit auf den Tankwagen gespritzt, ansonsten wäre die Hölle los gewesen.

Entsetzt schaute Aaro vom Rücksitz des Renault aus auf das Flammenmeer. Koch drehte sich zu dem Feuer um und rannte sofort zum Flugzeug, wo ihm jemand von der Besatzung einen großen Feuerlöscher reichte. Damit lief der Amerikaner zur Brandstelle.

Die Tür des Renault war nicht ganz zu, und Aaro trug keine Handschellen mehr, aber die weit in die Höhe schlagenden Flammen versperrten ihm den Fluchtweg.

35

Niko hielt das Lenkrad des Tankwagens fest umklammert. Der rotgelbe Widerschein des Feuers blendete ihn beim Blick in die Außenspiegel. Er sah, dass die Männer mit den grünen Westen bereits beim Löschen waren. Der Lauf der Flammen über den Asphalt hatte unterbrochen werden können, weshalb keine akute Explosionsgefahr mehr bestand.

Niko trat aufs Gas, vergaß dabei aber, dass so ein Tankwagen wesentlich schwerer war als der Sierra. Die Ausfahrt des Flughafengeländes kam immer näher.

In vollem Tempo raste der Tankwagen durch das Tor, das anschließend halb lose in den Angeln hing. Nun trat Niko leicht auf die Bremse und machte eine schnelle Lenkbewegung nach links, um nicht eine Ecke des Terminalgebäudes zu rammen. Auf der Treppe des Gebäudes stand eine Frau vom Bodenpersonal und rief Niko etwas zu, was er aber nicht verstand und in dieser Situation auch gar nicht wissen wollte. Jetzt ging es darum, Aaro so schnell wie möglich ins Fahrzeug zu bekommen. Allerdings war der Zaun nun zwischen ihnen, weshalb Niko so stark aufs Bremspedal trat, dass die Bremsen blockierten.

Koch rannte zu einem brennenden Kerosinfleck auf dem Flugfeld. Die Männer vom Tankwagen hatten bereits die Flammenspur, die zur Gulfstream führte, unterbrochen und löschten gerade den Honda. Bald würden auch die brennenden Flecken auf dem Asphalt ausgegangen sein, weil die Kerosinschicht nur sehr dünn war.

»Rob, der Junge ist ausgestiegen«, sagte Rose.

Koch blickte zum Renault hinüber. Tatsächlich hatte der finnische Junge die Tür geöffnet und war aus dem Wagen gesprungen. Er sah sich nach allen Seiten um und rannte dann auf die Glastür des Terminals zu.

»Lass ihn gehen! Wir hätten ihn sowieso freilassen müssen. Er ist ungefährlich. Aber was ist in dem Koffer, den der andere Typ in den Tankwagen mitgenommen hat?«

»Der Generator«, sagte Rose langsam und so leise, dass die Männer in den grünen Westen es nicht hörten.

Koch sah seinen Mitarbeiter scharf an. »Das ist nicht dein Ernst? Schnell, dem Tankwagen hinterher!«

Aaro lief um das Terminalgebäude herum und kam an das große Tor, das Niko mit der Stoßstange des Tankwagens aufgesprengt hatte. Er blieb stehen, um zu verschnaufen, denn nach dem langen Sitzen wurde ihm von der plötzlichen Anstrengung fast schwarz vor Augen. Niemand schien ihm zu folgen, aber er traute den Amerikanern nicht.

Er ließ den Blick über den leeren Parkplatz schweifen. Am äußersten Ende sah er den Tankwagen stehen. Plötzlich kam dahinter Nikos Auto hervorgeschossen. Selten hatte sich Aaro so sehr über den Anblick eines Ford Sierra gefreut.

Niko stoppte mit quietschenden Bremsen neben Aaro und öffnete die Beifahrertür. Aaro sprang in den Wagen und schlug die Tür zu. Der Aluminiumkoffer lag auf dem Rücksitz. Noch immer brannten die dünnen roten Spuren der Handschellen auf Aaros Haut.

Niko lenkte den Sierra zur Flughafenausfahrt. Aaro war nach dem anstrengenden Sprint außer Atem und eine Zeit lang sagte keiner von beiden ein Wort. Dann blickte Niko kurz in den Rückspiegel und deutete mit dem rechten Daumen nach hinten.

Aaro drehte sich um. Vom Parkplatz her näherte sich auf der von hohen Schneewällen gesäumten Straße der Renault-Van, gefolgt von dem ehemals roten Honda, der durch den Brand auf Dach und Kühlerhaube vollkommen schwarz geworden war.

»Zum Glück läuft der Sierra«, sagte Niko, grinste, und gab Gas. Nach ein paar Berührungen mit den Schneewällen lotste er den Wagen auf die Hauptstraße und bog in nördliche Richtung ab. Die Wagen der Amerikaner folgten.

»Wo hast du die Flughafenarbeiterklamotten her?«, wollte Aaro wissen.

»Ich bin in den Personalraum und hab sie dort vom Haken genommen. Hier wird anscheinend nicht so genau kontrolliert wie in Helsinki.«

Doktor Meyer hielt vor der Fernsehkamera aufgeregt einen Vortrag, da sich ihm endlich die Gelegenheit dazu bot. Viel zu oft brachten Journalisten seinen Theorien und handfesten Beweisen nämlich Verständnislosigkeit entgegen. Im Rücken der Kamera besprach sich ein Ermittler der finnischen Sicherheitspolizei mit den Wissenschaftlern aus dem Forschungszentrum in Oulu und mit einem Polizisten. Die neugierigen Touristen hörten der englischsprachigen Erklärung des Doktors vor der laufenden Kamera zu:

»... und es ist selbstverständlich, dass sich diese weit entfernt von uns existierende fremde Zivilisation wie der Mensch oder jedes andere Lebewesen verhält: Die Neugier bestimmt das Handeln. Zuerst werden spezielle Sonden ausgesandt, um sich ein Bild zu machen, wo man fremdes Leben finden könnte. Die Menschheit hat ja bereits in den Siebzigerjahren die Sonde Pioneer gestartet und danach weitere Raumsonden zum Mars und sogar zu Asteroiden geschickt ...«

Die Zuhörer wurden ungeduldig, sie warteten darauf, dass Meyer endlich zur Sache kam.

»In gleicher Weise ist unser Planet anderen Bewohnern des Universums eine Erforschung wert. Einst fanden die Samen einen außergewöhnlichen Gegenstand und arbeiteten ihn als Verzierung in einen Kultstab ein, ohne zu wissen, dass es sich bei dem ovalen Stein um eine Mikrosonde handelte. Eine uns fremde Zivilisation hat irgendwann – wir wissen nicht, wann – mehrere solcher Sonden auf jene Planeten gesandt, auf denen sie günstige Lebensbedingungen vermutete. Auch auf den Planeten Erde. Wir wissen inzwischen, dass auf der Erde drei Mikrosonden gefunden worden sind: in Australien, in Indien und hier in Finnland.«

»Sie vermuten also, Herr Doktor Meyer, dass jenes Phänomen, das gerade eben sämtliche elektronischen Geräte lahmgelegt hat, mit der Sonde zu tun hat, die in den samischen Kultstab eingearbeitet ist?«, fragte der CNN-Redakteur und konnte dabei nicht ganz seine Aufregung unter der professionellen Coolness verbergen.

»Ich gehe davon aus, dass die besagte Sonde Wärme, Feuchtigkeit, Geräusche und Bewegungen misst, und wenn eines davon ausreichend vorhanden ist, wird die Sonde aktiviert und schickt Signale zu ihrer Muttersonde. Der dabei verwendete elektromagnetische Impuls ist vom gleichen Typus wie der EMP-Impuls bei einer Atomexplosion. Er bringt sämtliche elektrisch betriebenen Geräte zum Stillstand, wie wir gerade gesehen haben. Die Tragweite der Mikrosondensignale reicht jedoch nicht bis ins All, weshalb die Sonden in Verbindung mit der Muttersonde gestanden haben müssen und wahrscheinlich noch immer stehen. Diese wiederum ist in Guatemala entdeckt worden. Wir wissen nicht, ob wir es bei den Absendern der Sonden mit wohlgesinnten oder mit feindlich gesinnten Wesen zu tun haben, aber sie sind auf jeden Fall systematisch vorgegangen. Alle Sonden befinden sich auf einer um die Erde herumlaufenden Linie.«

Die Zuhörer sahen einander ungläubig an.

»Sie halten es also für möglich, Herr Doktor Meyer,

dass uns die Absender auch feindlich gesinnt sein könnten?«

»Wir verfügen über keinerlei Informationen darüber, welche Einstellung besagte fremde Zivilisation gegenüber der Erde und ihren Bewohnern hat. Wir dürfen auf keinen Fall unnötige Risiken eingehen. Die Sonden müssen in Ruhe gelassen werden; wenn man sie verrückt oder auseinandernimmt, setzt man die Menschheit damit unter Umständen kolossalen Gefahren aus. Ich betone: Niemand darf ein Risiko eingehen! Das gilt auch für die Vertreter der Vereinigten Staaten, die jene Gegenstände an sich gebracht haben.«

»Wollen Sie damit sagen, dass die Amerikaner, von denen Sie sprechen, die in Lappland gefundene Sonde gestohlen haben?«

»Ja. Ich habe hier die Telefonnummer und die E-Mail-Adresse von Robert Koch, dem Chef des Teams. Er arbeitet für die UFO-Untersuchungsabteilung der US-Luftwaffe, über die ich aufgrund einer Schweigeverpflichtung eigentlich gar nicht sprechen dürfte. Aber wir haben es hier mit einer außergewöhnlichen Situation zu tun. Fragen Sie Herrn Koch!«

Meyer zog einen Zettel aus der Tasche. Der CNN-Redakteur, der hinter dem Kameramann stand, sprach nun aufgeregt in sein Handy – hier waren alle Zutaten für ein enormes Reality-Drama vorhanden.

Meyer ging zu Kommissar Vähäsarja hinüber.

»Ich verlange unverzüglich eine Telefonverbindung zum finnischen Ministerpräsidenten«, sagte Meyer ruhig, aber mit Nachdruck. »Es muss verhindert werden, dass der Gegenstand außer Landes gebracht wird. Die USA werden alles unternehmen, um das Gerät zu analysieren und dadurch anderen Staaten gegenüber einen strategischen Vorsprung zu gewinnen.«

»Man sollte hier wirklich massive Mittel einsetzen«, meinte auch Järvinen, der Forscher aus Oulu, auf Finnisch zu Vähäsarja. »Wir müssen die politische Führung informieren. Rufen Sie die Polizeiführung im Innenministerium an und sagen Sie denen, sie sollen den Innenminister informieren. Außerdem sollte man den Referenten des Ministerpräsidenten alarmieren und ihn bitten, hier anzurufen.«

36

Koch schnallte sich auf dem Beifahrersitz des Renault an, denn Rose musste ziemlich gefährlich in die Kurven gehen, um an dem Sierra dranzubleiben.

Koch schaute auf das Navi. Der Sierra raste in Richtung Muonio. Durch den Verkehr war der Schnee auf der Fernstraße glatt abgeschliffen, und da Rose das Fahren unter solchen winterlichen Verhältnissen nicht gewohnt war, schlitterte der Wagen immer wieder auf die linke Spur. Rose schien das jedoch nichts auszumachen, jedenfalls hielt er das Tempo hoch. Zum Glück gab es kaum Gegenverkehr.

Kochs Handy klingelte, und er meldete sich, denn er selbst hatte die Order ausgegeben, alle Anrufe sollten normal beantwortet werden. Der Anrufer war ein Redakteur von CNN, der eine Bestätigung für die Behauptungen von Doktor Meyer über Sonden und ihre Standorte haben wollte.

»Über solche Dinge weiß ich nichts«, sagte Koch.

»Der Doktor besitzt Informationen, denen zufolge Sie gerade dabei sind, den fraglichen Gegenstand aus Finnland herauszuschmuggeln«, sagte der Redakteur. »Ich habe hier einige finnische Polizisten bei mir, die sich für diesen Fall sehr interessieren.«

Koch gab sich wütend. »Die Vereinigten Staaten von Amerika handeln in solchen unklaren Situationen stets verantwortungsbewusst. Würde ein Risiko oder eine Gefahr bestehen, wäre es unsere Aufgabe, dieses Risiko oder diese Gefahr zu beseitigen. Wir stehen in diesen Dingen auf der Seite der Menschheit, okay?«

»Die Sonde beziehungsweise der Stab befindet sich also bei Ihnen?«

»Das habe ich nicht gesagt.«

Koch beendete das Gespräch. Offenbar war der Medienzirkus jetzt in Schwung gekommen. Bald würde es in Lappland vor Journalisten aus allen Ländern nur so wimmeln, und das war ja auch die Absicht.

Plötzlich schoss der Sierra nach links in eine schmale Nebenstraße.

Rose schlug das Lenkrad ebenfalls nach links ein, jedoch zu heftig, worauf der Renault mit der linken Seite im Schneewall landete und stecken blieb. Koch fluchte und stieg aus.

Ein Hinterrad drehte sich in der Luft. Er stopfte seine Jacke unter den Reifen und schob den Wagen an. Nach etwas Anstrengung setzte sich der Renault ruckartig in Bewegung. Koch hob seine feuchte Jacke auf und setzte sich wieder ins Auto.

»Es zieht sich hin und es wird umständlich«, stellte er fest, als Rose wieder beschleunigt hatte. »Sie haben sich vielleicht schon in dem Urlaubsgebiet versteckt, das auf dem Schild da angekündigt wird. Ich werde Helsinki um Verstärkung bitten.«

»Der *Case officer* in der Botschaft hat gewechselt«, sagte Rose.

»Egal. Ich rufe direkt beim Botschafter an. Sie sollen ein CIA-Team ins Flugzeug setzen.«

Niko fuhr so schnell, wie er sich auf der schmalen, von Schneewällen gesäumten Straße traute. Der Schnee türmte sich so hoch, dass man kaum über die Verwehungen hinwegsehen konnte. Sie kamen an einem Schild vorbei, das rechts die Abzweigung zu einem Feriendorf ankündigte.

»Hast du irgendeine Ahnung, wo diese Straße hinführt?«, fragte Aaro, während er bei der unruhigen Fahrt versuchte, das Navigationsprogramm aufs Display seines Handys zu bekommen.

»Nicht die geringste«, meinte Niko.

Es fing an zu schneien. Endlich erschien die Karte auf dem Display und Aaro konnte sagen, wo sie sich befanden.

»Und was soll ich mit dieser Information anfangen?«, knurrte Niko. »Machen wir Sightseeing oder versuchen wir diese Typen abzuschütteln? Die sind uns jeden Moment wieder auf den Fersen.«

Im frischen Schnee hinterließen sie deutliche Reifenspuren, es war leicht, ihnen zu folgen.

»Pass auf, ich hab einen Plan«, sagte Niko.

Der finnische Ministerpräsident Matti Vanhanen starrte aus dem Fenster des Konferenzraums im Staatsratsgebäude auf den Senatsplatz. Dann drehte er sich um und blickte wieder auf den Fernsehschirm. Die CNN-Live-

Übertragung aus dem finnischen Lappland hatte gerade begonnen. Plötzlich schien sich das weltweite Interesse auf den Norden Finnlands zu richten. Vanhanen sah nach, was im finnischen Fernsehen lief: Auf MTV3 fing eine Sondersendung an, die Nachrichten im ersten Programm brachten ein Telefoninterview mit dem Physiker Esko Valtaoja. Dann stand die Verbindung zum Übertragungswagen, und ein Außenreporter tauchte auf dem Bildschirm auf. Er stand im verschneiten Lappland in einem Fremdenverkehrszentrum und interviewte einen Hotelmitarbeiter, der berichtete, dass gerade rund um das Hotel alle elektrischen Geräte ausgefallen waren.

Der Ministerpräsident seufzte tief und schaltete auf den Nachrichtenkanal von BBC. Dort sagte der Nachrichtensprecher gerade, dass sich der BBC-Korrespondent für Skandinavien auf dem Weg von Stockholm nach Lappland befinde und in Kürze von dort berichten werde.

Vanhanen seufzte erneut und drehte den Ton etwas leiser. Die Tür ging auf, und der Leiter des Bereitschaftsdienstes im Staatsrat kam mit der Innenministerin herein. Der Außenminister sprang gerade unten aus dem Wagen, und der Polizeipräsident keuchte mit seinen engsten Mitarbeitern die Treppe herauf. In vier Minuten sollte die Krisensitzung beginnen.

Noch bevor die anderen richtig den Raum betreten hatten, fing der Leiter der Bereitschaftsabteilung an:

»Die Botschaft der Vereinigten Staaten teilt mit, dass wir die Maschine der Amerikaner in Kittilä starten lassen sollen. Der Botschafter ist auf dem Weg hierher.«

Vanhanen nickte. Er blickte auf die hereinströmenden Vertreter der politischen und operativen Führung des Landes und meinte: »Bevor wir weitere Entscheidungen treffen, schon mal so viel vorab: Es müssen mehr Polizisten und schwereres Gerät nach Lappland geschickt werden!«

Nun ging die schmale Tür im hinteren Teil des Raumes auf und die Sekretärin des Ministerpräsidenten kam mit hochrotem Kopf herein. Sie hatte ein Mobiltelefon in der Hand.

»Entschuldigung, aber hier wäre William Clark am Apparat, der sicherheitspolitische Berater von Präsident Obama. Er will den Ministerpräsidenten sprechen.«

Vanhanen griff nach dem Telefon, beugte sich leicht nach vorne, rückte die Brille zurecht und meldete sich. Gespannt warteten die inzwischen elf Personen im Raum darauf, was das Weiße Haus zu sagen hatte.

37

Der Sierra heizte über die kurvenreiche Straße, dass der Schnee nur so stob. Inzwischen war es dunkel geworden, und die Schweinwerfer des Wagens zeichneten seltsame Muster in den Schnee. Aaro schaute auf die Tankuhr, die mittlerweile rot blinkte.

»Wie lange reicht das noch?«, fragte er Niko.

Niko beschleunigte in einer Kurve. »Das hängt davon ab, wie schnell man fährt. Fünfzig, sechzig Kilometer bestimmt.«

Der Renault folgte ihnen in wenigen hundert Metern Abstand. Im nahezu baumlosen Gelände konnte Aaro weit hinten die Scheinwerfer sehen.

»Jetzt scheint auch noch jemand entgegenzukommen«, ächzte Niko. Vor ihnen konnte man eindeutig die Scheinwerfer eines Autos erkennen. »Hier kann man nirgendwo wenden, wenn keine Abzweigung kommt.«

Das entgegenkommende Auto sah dem roten Honda-SUV täuschend ähnlich. Führte noch eine andere Straße hierher? Auch die Lichter des Renault hinter ihnen schienen näher zu kommen.

Plötzlich sahen sie weiter vorne eine kleine Straße rechts abzweigen.

»Jetzt tun wir das, was wir ausgemacht haben«, sagte Niko und nahm den Fuß vom Gas.

Aaro kroch zwischen den Vordersitzen hindurch auf die Rückbank, nahm den Aluminiumkoffer auf den Schoß und schnallte sich an. Die Nebenstraße kam näher, sie schien geräumt zu sein. Für einen Moment verschwand das entgegenkommende Auto in der Senke, in der auch die Abzweigung lag. Niko gab erneut Gas und machte sich bereit, in die Senke einzutauchen und in die Nebenstraße abzubiegen. Aaro sah durch die Heckscheibe den Renault weiter beschleunigen.

»Halt dich fest!«, rief Niko und trat voll auf die Bremse.

Überraschenderweise stand der Honda mitten in der Senke quer auf der Straße und versperrte die Abzweigung. Aaro hielt sich am Haltegriff fest. Ringsum spritzte der Schnee auf, als der Sierra sich um hundertachtzig Grad drehte und den linken Schneewall rammte.

»Hast du die Handbremsendrehung gesehen!«, rief Niko mit glühenden Wangen.

Im selben Moment raste der Renault, der es nicht mehr geschafft hatte, zu bremsen, am Sierra vorbei und krachte in den Honda hinein.

Nach wenigen Sekunden griffen die Reifen des Sierra wieder, und Niko fuhr in die Richtung, aus der sie gekommen waren, davon. Aaro sah, wie die Insassen des Renault und des Honda mit vereinten Kräften versuchten, den Renault in die richtige Richtung zu drehen, damit er die Verfolgung fortsetzen konnte. Niemand machte Handzeichen oder rief ihnen etwas hinterher. Das sind Profis, dachte Aaro, die wissen, dass sie uns damit nicht stoppen würden.

Der zweimotorige Augusta-Bell-412-Rettungshubschrauber des Grenzschutzes landete neben der Gulfstream auf dem Flughafen Kittilä. Der Boden rund um das Flugzeug war mit Flecken von Löschschaum gesprenkelt. Die Tür des Jets war geschlossen, die beiden Piloten beobachteten die Lage vom Cockpit aus. Der Tankwagen stand neben dem Terminal.

Erkki Hakala, der Bezirkspolizeichef von Lappland, und drei Beamte der Zentralkripo eilten auf das Rollfeld. Unverzüglich schilderten ihnen der Flughafenchef und die Besatzung des Tankwagens den Hergang der Ereignisse.

Nachdem er sich die wirre Erklärung angehört hatte, fragte Hakala: »Ein unbekannter junger Mann ist also aufs Gelände vorgedrungen, hat ohne Erlaubnis den Tankwagen genommen und ist später mit seinem eigenen Auto und einem zweiten Jungen geflohen. Und zwei Fahrzeuge mit finnischen Kennzeichen, ein Honda und ein Renault, sind den beiden gefolgt. Richtig?«

»So war es«, bestätigte der Flughafenchef.

»Kann man mit den Leuten in dem Flugzeug sprechen?«

»Sie machen die Tür nicht auf.«

Die Männer von der Kripo gingen zur Gulfstream und zeigten ihre Dienstmarken, worauf sofort die Tür geöffnet wurde und der Copilot ausstieg. Der Polizeichef trat hinzu und erkundigte sich bei dem amerikanischen Co-Piloten, wer die Maschine gemietet habe.

Der Amerikaner verweigerte zunächst die Antwort, beugte sich aber, nachdem ihn der Polizeichef über seine Befugnisse aufgeklärt hatte.

»Ein amerikanischer Staatsbürger namens Mr Koch. Er ist gerade mit seinen Freunden unterwegs, um etwas zu erledigen«, sagte der Copilot. »Er kommt sicher bald zurück. Leider darf ich niemanden in die Maschine lassen. Dies ist ein Privatflug.«

Über dem Flugplatz hörte man das Rattern von Hubschrauberrotoren, und der Polizeichef blickte zum dunklen Himmel hinauf. Der heranfliegende Helikopter war deutlich größer als der AB-412 des Grenzschutzes. Auf einmal hörte man auf der Straße, die zum Flughafen führte, das grelle Sirenenheulen eines Polizeiautos.

Hakala gab die Anweisung, die Gulfstream unter keinen Umständen starten zu lassen, und machte sich auf den Weg zum Terminal. Dies würde ein langer Tag werden.

38

Aaro bemerkte weit hinter dem Sierra wieder Scheinwerfer näher kommen, und bald wurde der Renault von vorhin sichtbar, allerdings jetzt mit einer Beule im Kühlergrill.

Die Rückfahrt auf der vereisten Straße war schneller gegangen als die Hinfahrt, weil der Verkehr noch mehr abgenommen hatte.

»Der Kerl fährt nicht zum ersten Mal auf glatten Straßen«, meinte Niko, wobei er noch ein bisschen mehr Gas gab. Die Nadel der Tankuhr zitterte nicht einmal mehr, sondern stand schon lange regungslos auf null. Zum Glück waren es nur noch fünf Kilometer bis zum Hotel, dachte Aaro.

»Sollten wir bei der Polizei anrufen?«, fragte er von der Rückbank aus.

»Wir sind gleich da, bis dahin holen die uns nicht ein. Ein paar Minuten noch, dann stehen wir vor dem Hoteleingang«, sagte Niko. Im selben Moment verlor der Sierra rapide an Geschwindigkeit.

»Jetzt ist das Benzin alle«, vermutete Aaro, aber dann machte das Auto ein paar Sätze und kam wieder in Fahrt.

»Da war nur Dreck im Vergaser«, sagte Niko.

Aaro fuhr nervös mit den Händen über den Aluminiumkoffer und drückte dabei auch auf die Verschlüsse. Erstaunlicherweise schnappten sie auf. Der Koffer war gar nicht abgeschlossen, wie er ganz selbstverständlich gedacht hatte.

Dann musste er sich erst mal die Augen reiben, denn was er da vor sich sah, war gar nicht der samische Kultstab.

Stattdessen enthielt der Koffer ein massives, schwarzes Gerät, an dessen Ende ein silberner Trichter befestigt war, der an eine Fahrradlampe erinnerte. Er wurde von einem starken Metallgitter geschützt. Von dem Trichter aus verliefen blaue Kabel über das Gerät. An der Seite klebte ein gelbes Warnschild.

»Was ist das?«, fragte Niko.

»Irgendein Apparat, der den Amis gehört. Sieht aus wie ein Akku mit einer Fahrradlampe«, stellte Aaro fest. »Den Stab haben sie also immer noch. Warum hängen sie dann überhaupt an uns dran?«

Auf der schmalen Straße kam ihnen der Renault inzwischen gefährlich nahe.

In Helsinki bog ein besonders langer, schwarzer Chevrolet Epica von der Itäinen Puistotie in die Laivasillankatu ein. Er fuhr am Olympia-Fährterminal vorbei in Richtung Marktplatz. Auf dem Rücksitz sprach der Chef des CIA-Büros in Helsinki in ein Telefon mit kodiertem Datenverkehr.

»Warum sagt ihr mir erst jetzt, dass ihr Probleme habt?«

»Weil die Probleme sich gerade erst zugespitzt haben«, antwortete Koch aus Lappland.

»Ihr hättet früher reagieren müssen …«

»Wir haben keine Zeit, das jetzt durchzukauen, seht zu, dass ihr in die Gänge kommt!«

Der Mann beendete das Gespräch und rief seinen Kontaktmann beim Nachrichtendienst der finnischen Streitkräfte an. Der Chevrolet fuhr gerade am angestrahlten Präsidentenpalais vorbei. Auf dem Dach wehte die Fahne, das hieß, dass die Präsidentin zu Hause war.

Koch ärgerte sich über die Besserwisserei des CIA-Chefs in Helsinki. Vom Festland aus hatte man leicht reden, wenn auf See ein Unglück passierte.

Der Sierra, den sie verfolgten, war für einen Moment langsamer geworden, aber jetzt gab er wieder Gas.

»Wenn das so weitergeht, haben wir bald die gesamte finnische Polizei auf dem Hals.«

Der Sierra bog rechts ab, und Koch teilte per Satellitentelefon mit, was auf dem Straßenschild stand: »Purolantie. Hier stehen Häuser.«

»Pass auf!« Rose bremste so heftig, dass Koch sich mit beiden Händen am Handschuhfach abstützte.

Die Bremslichter des Sierra leuchteten auf, als er vor einer Ansammlung unbewohnt wirkender Ferienhäuser anhielt. Hinten ging eine Tür auf und ein glänzender Aluminiumkoffer flog in den Schnee. Dann gab der Sierra wieder Gas und bog in eine Straße ein, die wieder zur Hauptstraße führte.

Rose bremste auf der Höhe des Koffers, Koch sprang aus dem Wagen, nahm den Koffer und stieg sofort wieder in den Renault, der bereits anrollte. Erleichtert hielt Koch den Aluminiumkoffer auf dem Schoß. »Anscheinend ist dem kleinen Kerl das Spiel ein bisschen unheimlich geworden.«

Er öffnete die Verschlüsse und klappte den Deckel auf. Im Koffer lagen Auspuffbefestigungen aus Metall und ein kaputter Wagenheber.

39

Aaro hielt das seltsame Gerät, das in dem Koffer gewesen war, auf den Knien und nahm es unter die Lupe. Die Aufschrift *pulse amplitude* neben einem Regler kam ihm irgendwie bekannt vor. Es handelte sich um ein elektronisches Gerät. Er drehte es um und entdeckte den silbernen Aufkleber des Herstellers. *HPG 8600 Electromagnetic Pulse Generator* stand darauf. Aaro stieß einen Pfiff aus und gab auf seinem Smartphone ein paar Stichworte in die Suchmaschine ein.

»Was ist das? Ein Ladegerät?«, fragte Niko, während er das Auto eine beleuchtete Straße mit Ferienhäusern hinauf steuerte.

Ohne 3G lief die Internetverbindung schrecklich langsam, aber schon die Liste mit den Treffern verriet, worum es sich handelte.

»Unglaublich. Ich hab's geahnt … Das ist ein EMP-Generator. Damit erzeugt man elektromagnetische Impulse, mit denen man Elektrogeräte und jede Art von Elektronik außer Betrieb setzen kann. Der Vorfall am Hotel, bei dem plötzlich alles stillstand – das war ein Schwindel. Was haben die Amis eigentlich vor?«

Aaro checkte rasch seine E-Mails und sah, dass ihm

Rebecca Jordan geschrieben hatte. Er kam aber nicht dazu, die Mail zu öffnen, denn nach der Anhöhe sahen sie, dass unten wieder der ursprünglich rote, nun aber vom Feuer geschwärzte Honda wartete. Er stand ihnen frontal entgegen, und eine Ausweichmöglichkeit gab es nicht.

Niko blickte nach hinten. Der Renault war nicht zu sehen, doch weit konnte er nicht sein. Niko nahm die nächste Ferienhauszufahrt. Sie führte den Hang hinauf zu einem kleinen Parkplatz mit Stromkästen, wo man die Standheizung der Autos anschließen konnte.

Oberhalb führten Fußwege am Hang zu weiteren Ferienhäusern. Ganz am Rand stand ein auffällig großes Blockhaus mit schwarzen Sprossenfenstern. Es war vollkommen dunkel, nur im Hof brannte ein gelbliches Licht.

Der Wind, der von den Fjälls herabblies, prallte an der Fensterfront des Flughafenterminals ab. Die Dunkelheit hüllte draußen alles ein, nur hier und da schimmerte aufgewirbelter Schnee. Kommissar Vähäsarja von der Zentralkripo stand im Terminal unter dem fahlen Licht der Neonröhren und rief in Helsinki an.

Er war von der neuen Wendung, die der Fall genommen hatte, überhaupt nicht begeistert; jede Maßnahme musste nun vom Hauptquartier der Zentralkripo und von der Sicherheitspolizei genehmigt werden. Wenn das so weiterging, würde er bald auch im Präsidentenpalais anrufen müssen …

Der Anruf wurde weitergeleitet und eine Weile hörte man gar nichts. Vähäsarja raunte einen wütenden Kommentar ins Telefon, verstummte aber sofort, als er die forsche Stimme der Innenministerin hörte: »Ist der Bezirkspolizeichef bei Ihnen? Geben Sie ihn mir mal!«

Vähäsarja nahm das Handy vom Ohr und sah sich im leeren Terminal um. Der Chef der Polizei Lapplands stand am Finnair-Schalter und telefonierte ebenfalls. Trotzdem ging der Kommissar in aller Ruhe zu ihm hin und reichte ihm sein Handy.

Der Polizeichef nannte seinen Namen und hörte dann mit zusehends versteinernder Miene zu, was die Innenministerin, die den Polizeikräften im ganzen Land vorstand, am anderen Ende der Leitung sagte. »Die Angelegenheit ist jetzt teilweise geklärt. Der Ministerpräsident sitzt allerdings noch mit dem amerikanischen Botschafter zusammen. Offiziell kooperieren wir mit der Botschaft der USA. Aber in der Praxis halten wir die Zügel in der Hand, und dafür haben wir die Unterstützung der obersten Staatsführung. Das soll aber nicht herausposaunt werden. Wir behalten alles unter Kontrolle, auch wenn es nach außen anders aussehen sollte. Wir sprechen uns wieder.«

Kaum hatte die Innenministerin die Verbindung nach Lappland unterbrochen, ging hinter ihr die Tür auf und Samuel S. Winter, der Botschafter der Vereinigten Staaten, trat auf den Gang, gefolgt von Ministerpräsident Vanhanen. Beide waren leicht rot im Gesicht, als wären die Verhandlungen in ein Wortgefecht ausgeartet.

Winter drehte sich zu Vanhanen um und sagte etwas, worauf die beiden sich in einen der Erker im Gang begaben, um dort noch etwas zu besprechen.

Die Innenministerin wandte sich dem Chef der Sicherheitspolizei zu, der neben ihr aufgetaucht war. »Jetzt haben wir die Zügel in der Hand. Wir zeigen den Amerikanern, wo es langgeht.«

»Oder andersherum«, meinte der SiPo-Chef ernst. »Ich halte die Situation, offen gesagt, für sehr außergewöhnlich. Wir hatten gerade Kontakt zu Europol, von dort sind zwei Beamte auf dem Weg hierher.«

Oberstleutnant Malcolm McKelly hatte die operative Führung in Kirtland zu einer Krisensitzung einberufen, weil der Generator, mit dem man durch ein elektromagnetisches EMP-Signal elektronische Geräte und Fahrzeuge zum Stillstand bringen konnte, in falsche Hände geraten war.

Ein halbwüchsiger Junge hatte die ganze Operation Solaris durcheinandergebracht.

Die größte Täuschung und Medienmanipulation aller Zeiten durfte auf keinen Fall aufgedeckt werden, nicht jetzt, da alles so perfekt gestartet war: Im Kontrollraum hatten alle geklatscht, als CNN das Interview mit Meyer brachte. Das war der Höhepunkt der Operation gewesen, und es würde noch mehr kommen. Die in Perth erscheinende Zeitung *The West Australian* hatte auf ihrer Internetseite einen Artikel mit Bild über den Stein gebracht, der einem gewissen Scott Donovan gestohlen worden war, und auf der Seite von *National Geographic* prangte das Foto eines ähnlichen, ebenfalls gestohlenen Steins …

Und alle Spuren führten zur Unit 6 – so wie es auch geplant gewesen war.

40

Außer Atem blickte Aaro auf die großen Blockhäuser am Hang. Es waren sechs Stück.

»Mach schneller«, rief er Niko zu, der ihm keuchend folgte. Das EMP-Gerät wog schwer in Aaros Tüte, trotzdem hatte er das Gefühl, doppelt so schnell wie Niko zu sein.

Zwischen den Häusern und der Straße lag der Parkplatz, auf dem sie den Sierra abgestellt hatten. Das war Aaros Vorschlag gewesen, denn so müssten die Verfolger alle Häuser durchsuchen. Im Haus ganz hinten brannte Licht, die übrigen Feriendomizile schienen leer zu stehen. Nur die Energiesparlampen auf dem Grundstück glommen. Am untersten Haus waren Aaro und Niko den dunklen Hang hinaufgegangen und inzwischen bis hinter das vierte Blockhaus vorgedrungen. Rund um die Gebäude war kürzlich erst der Schnee geräumt worden, und Aaro lobte innerlich die nordfinnischen Schneepflugfahrer, denn sie hatten hier so gründlich geräumt, dass auf dem eisigen Untergrund keine Fußspuren zurückblieben.

Niko probierte, ob sich die Terrassentür des Hauses öffnen ließ, aber sie war abgeschlossen. Ohne zu zögern nahm er die Schneeschaufel, die an der Wand lehnte, und schlug damit die Scheibe über dem Türgriff ein. In Aaros Ohren klang das Splittergeräusch schrecklich laut, auch wenn ihm klar war, dass man es nicht bis zur Straße unten hören konnte. Aber wie dicht waren ihnen die Amerikaner schon auf den Fersen? Und wie viele waren es?

Niko schob die Hand durch die kaputte Scheibe und öffnete von innen die Türverriegelung. Das Haus hatte keine Alarmanlage oder sie war ausgeschaltet. Das zerbrochene Fenster würde sie aber verraten, daran ließ sich nichts mehr ändern.

Sie traten ein und Niko schloss leise die Tür. Von der Außenbeleuchtung fiel etwas Licht ins Haus. Sie warteten ab, bis sich ihre Augen ans Halbdunkel gewöhnt hatten, dann merkten sie, dass sie in einem komfortabel eingerichteten Kaminzimmer standen. In dessen Mitte befand sich eine Bar aus Mahagoni, dahinter gelangte man durch Türen aus Rauchglas in einen großzügigen Saunabereich, dessen erster Raum von einem Whirlpool dominiert wurde. Die Couchgarnitur, die vor dem Panoramafenster stand, war mit einem Leder bezogen, das an Zebra erinnerte.

Aaro lehnte sich an die Wand und atmete schwer. Er hatte die Tüte mit dem Gerät auf den Boden gestellt. Plötzlich versetzte ihm etwas einen Stoß im Rücken und er hörte ein sonderbares Brummen.

Sofort sprang er von der Wand weg. Niko grinste und deutete auf den großen, dunkelroten amerikanischen Kühlschrank, an dem Aaro gelehnt hatte.

»Der Thermostat hat bloß den Kompressor in Betrieb gesetzt, sonst nichts«, flüsterte Niko.

Dann schwiegen sie. Draußen, am Haus unterhalb von ihnen, sah man den Lichtkegel einer Taschenlampe. Niko nahm seinen Leatherman vom Gürtel, schob die Messerklinge unter ein Brett der Mahagoniverkleidung an der Bar und löste es. Dann schob er es so unter die Klinke der Haustür, das es wie ein Riegel funktionierte und man die Tür nicht von außen aufziehen konnte.

Aaro nahm das EMP-Gerät und stieg die Treppe hinauf. Auf halbem Weg blieb er stehen, denn von oben fiel bläuliches Licht herunter.

Koch und Rose erreichten atemlos die Tür des Blockhauses mit dem steilen Dach. Von hier aus sah man über die Straße hinweg bis zum Fjäll. Sie hatten gerade gemerkt, dass an der Hintertür des Hauses eine Scheibe eingeschlagen und die Tür von innen verrammelt worden war. Auch die Vordertür war abgeschlossen. Das Haus stand am Hang, weshalb zwei Stockwerke über der Erde lagen und eines darunter. Koch blickte nach oben. Eine Holztreppe führte auf den Balkon im ersten Stock.

»Schnell da hoch, wir gehen über den Balkon rein!«, keuchte er und war schon auf dem Weg nach oben. Er schaltete sein Funkgerät ein und sagte leise: »Zentaur-eins. Wir überprüfen das vierte Objekt vom Parkplatz aus gesehen. Hier ist eingebrochen worden, aber das kann ein Täuschungsmanöver sein. Geht für alle Fälle zum fünften weiter und haltet euch in Bereitschaft!«

Sein Befehl wurde bestätigt, dann trat Koch auf den Balkon, der im ersten Stock um das ganze Haus herumlief. Kurz zuvor hatte er eine Anweisung aus dem Hauptquartier erhalten: Der EMP-Generator sollte mit allen Mitteln zurückgeholt werden, bevor er in falsche Hände geriet und die topgeheime Operation aufflog.

Koch hatte während seiner gesamten Laufbahn in geheimen Missionen gearbeitet, aber der Auftrag hier in Finnland war vom Geheimhaltungsgrad her eine Klasse für sich. Auf dem Spiel standen Dinge, die unmittelbar mit der nationalen Sicherheit der USA zu tun hatten. Als Koch vor einigen Monaten in Langley, im abhörsicheren Besprechungsraum des CIA-Hauptquartiers, von den Dimensionen erfahren hatte, war er beinahe erschrocken.

Die geheime Abteilung der Behörde hatte einen komplizierten Auftrag erhalten: Die USA waren hoch verschuldet, und die Finanzkrise hatte die Wirtschaft des Landes abstürzen lassen. Nun lautete die brutale Wahrheit, dass aus wirtschaftlichen Gründen der gigantische Sektor der Militärindustrie stark heruntergefahren werden musste. Doch das war im Grunde unmöglich, denn die größte Militärmacht der Welt durfte sich nicht selbst schwächen, während China und die anderen Konkurrenten immer stärker wurden. Amerika konnte sein militärisches Engagement nur reduzieren, wenn es die anderen Staaten auch taten, doch auf dem Verhandlungsweg würde man das nicht erreichen. Nicht einmal der Regierung von Barack Obama würde das gelingen.

Da sich die Lage schnell verschlechterte, mussten radikale Lösungen gefunden werden. Da war jemandem eingefallen, was der russische Radioastronom Jewgeni Lubakow in den Achtzigerjahren, als das Wettrüsten im Kalten Krieg am schlimmsten gewesen war, gesagt hatte: Ein einziges Signal, das man als Bedrohung der Erde von außen deuten könnte, würde im Nu sämtliche Kräfte der Menschheit gegen den Feind aus dem Weltall vereinen.

Diesen Gedanken hatte das Team vom CIA nun aufgegriffen, denn die Geschichte lehrte, dass die einzige Methode, den Gegner zur Zusammenarbeit zu bewegen, darin bestand, einen gemeinsamen Feind zu finden. Und das konnte in diesem Fall nur eine konkrete, glaubwürdige Bedrohung von außerhalb der Erde sein.

Der Wohnraum hinter dem großen Panoramafenster schien leer zu sein. Koch ging ganz dicht an die Scheibe heran und versuchte ins Dunkel zu spähen: Zwei weiße Ledersofas, eine Empire-Essgruppe und ein rechteckiger Kamin.

Rose hatte inzwischen seinen Elektro-Pick aus der Tasche genommen und ließ ihn das Schloss lesen. Das Piepsen und das intervallartige Aufleuchten des LED-Lämpchens in dem Gerät dauerten nur zehn Sekunden, dann war das Schloss offen und Rose riss die Tür auf. Koch seufzte innerlich über seinen ungestümen Mitarbeiter, denn man hätte die Tür auch leiser öffnen können.

41

Aaro hörte ein Geräusch im ersten Stock. Was war das? Er gab Niko die Plastiktüte und lieh sich dessen Handy. Damit wählte er die Notrufnummer 112, rief aber noch nicht an.

»Wie heißt der Mann von der Sicherheitspolizei, den du getroffen hast?«, fragte er Niko flüsternd. Sie waren in eine supermoderne Küche mit viel Edelstahl und einer Kochinsel in der Mitte gekommen. Ein Band mit bläulichen LED-Lämpchen lief an der Decke entlang.

»Manninen«, antwortete Niko, der angefangen hatte, die Schranktüren zu öffnen. Es hörte sich an, als bewegte sich jemand im ersten Stock. Waren die Verfolger durch die Balkontür hereingekommen?

Aaro deutete auf die Treppe, die vom Erdgeschoss in den Keller zurückführte, und machte sich sofort auf den Weg nach unten. Dabei stellte er die Verbindung zur Notrufzentrale her, nannte flüsternd seinen Namen und seinen Standort und sagte im selben Atemzug: »Wir sind in Lebensgefahr. Schicken Sie die Polizei her! Und verbinden Sie mich mit Manninen von der Sicherheitspolizei in Rovaniemi!«

Die Stimme in der Notrufzentrale klang streng: »Wir

stellen keine Verbindungen her, weder zur SiPo noch sonst wohin. Die Polizei entscheidet selbst über den Dienstweg.«

Nun knarrte die Treppe. Aaro musste auflegen, obwohl er nicht sicher war, ob man ihm in der Notrufzentrale überhaupt glaubte.

Nervös blickte er zu Niko hinüber, der an der Tür zum Saunabereich stand und einen vierzig Zentimeter langen Lappendolch in der Hand hielt, den er offenbar in der Küche gefunden und mitgenommen hatte.

Koch ging die Treppe zur Küche hinunter und schnupperte in der trockenen Luft wie ein Tier, das Beute wittert. Rose zog seine kurzläufige Smith & Wesson Police Special hinten aus dem Hosenbund.

Alles war sauber und still im Haus, nur die Küchenschubladen standen offen. Was hatte das zu bedeuten?

Beide lauschten. Auch Koch zog seine Pistole und entsicherte sie. Das Klicken war in der Stille deutlich zu hören.

Dann schaltete Koch sein Funkgerät ein und sagte leise: »Verstärkung für Objekt vier. Kommt sofort, wenn ihr die Fünf überprüft habt!«

Wann würde das Hilfsteam aus Helsinki eintreffen?

Kochs Einheit, die Unit 6, sollte die Operation Solaris ursprünglich alleine durchführen, aber seitdem der EMP-Generator in falsche Hände geraten war, hatten sie es mit einer ausgewachsenen Katastrophe zu tun und deshalb ein Team vom CIA-Büro in Helsinki um Hilfe gebeten. Zum Glück war das Büro noch von den Zeiten des Kalten Kriegs her groß genug.

Rose ließ den Lichtkegel seiner kleinen Maglite durch die Küche streifen, bis er den Lichtschalter gefunden hatte. Er drückte ihn, aber es passierte nichts. Offenbar waren die Sicherungen herausgeschraubt worden.

Sie verständigten sich mit Zeichen und gingen langsam die Treppe ins Untergeschoss hinunter.

»Wir teilen uns auf«, flüsterte Aaro im Untergeschoss in der Saunaabteilung so leise, dass man es kaum hörte.

Nach wie vor drückte er die Plastiktüte mit dem Gerät an sich. Er ging auf die drei Türen im Kaminzimmer zu, ging durch die rechte, schloss sie hinter sich und stellte fest, dass er sich in einem Raum befand, in dem Bettwäsche und Handtücher aufbewahrt wurden.

Immer stärker nahm ihn die Angst in den Griff. Die Amerikaner meinten es ernst. Wenn ihm nicht bald etwas einfiel, saß er hier in der Falle.

Niko betrat den Umkleideraum der Sauna und versuchte ruhig zu bleiben. Er hielt den Lappendolch umklammert und ging weiter. Im hinteren Teil des Raumes führte eine Tür in ein Lager, in dem es nach trockenem Brennholz roch. Zu den Besonderheiten dieser Sauna gehörte es offenbar, dass der Ofen mit Holz beheizt wurde. Er schloss die Tür und ließ das Display seines Handys aufleuchten. Im schwachen Lichtschein erkannte er einen Hackklotz, aufgestapelte Scheite, Rinde zum Anzünden und alte Fischnetze. Im Hackklotz steckte eine Anderthalbkilo-Axt der Marke Fiskars mit Kohlenfasergriff.

Niko nahm sie in die Hand. Das Gewicht der Axt gab ihm ein kleines bisschen Sicherheit, aber gegen eine Schusswaffe würde er damit nicht ankommen.

Da bemerkte er hinter dem aufgestapelten Brennholz eine weitere Tür, in die ein Fenster eingelassen war. Er ging näher heran und sah, dass sie ins Freie führte.

Er lauschte. Man hörte bereits die Schritte der Männer vor der Sauna. Niko öffnete die Tür ins Freie absichtlich laut und machte sie noch geräuschvoller wieder zu, ohne jedoch hinauszugehen. Die Amerikaner durften Aaro und den Apparat nicht finden, darum musste Niko dafür sorgen, dass sich die Amerikaner an seine Fersen hefteten …

42

Oberstleutnant Malcolm McKelly von der US Air Force, der die Operation Solaris leitete, saß vor einer großen elektronischen Karte im Kontrollraum der Unit 6. Die Punkte in Australien, Indien und Guatemala leuchteten grün, aber in Finnland war ein grelles rotes Licht angegangen.

Kochs Team versuchte die Sache in den Griff zu kriegen, benötigte dafür aber Hilfe von der CIA in Helsinki. Und Unterstützung aus dem Weißen Haus.

McKelly seufzte tief und warf sich eine gesalzene Erdnuss in den Mund. Er hatte die Tüte mit den Nüssen am Morgen zu Hause aufgefüllt und in die Tasche gesteckt. Verärgert machte er sich auf den Weg zur Lagerhalle, in die er sich immer zum Nachdenken zurückzog, wenn er mit einer anspruchsvollen Situation konfrontiert wurde.

Die CIA musste ihnen jetzt helfen, ohne wegen des Budgetrahmens zu jammern, denn die Behörde war von Anfang an bei der Entwicklung der Operation Solaris dabei gewesen.

Der ursprüngliche Plan, eine Bedrohung aus dem Weltall als gemeinsamen Feind zu kreieren, hatte sich mit den Untersuchungen der verhaltenswissenschaftlichen Abteilung der CIA gedeckt. Die hatte schon lange herausgefunden, welche Auswirkung ein Beweis für außerirdisches Leben auf das Verhalten der Menschen hätte: Es würde die Menschen einen, es würde das Wettrüsten verringern und es würde Konflikte und Kriege radikal reduzieren.

Als McKelly zum ersten Mal von dem Plan gehört hatte, war er sehr überzeugt davon gewesen. Indem sie den konkreten Beweis für außerirdisches Leben lieferte, schuf die CIA einen unwiderstehlich edlen und akzeptablen Grund, die Rüstungsausgaben, die den Haushalt der USA belasteten, zu reduzieren. Auf der ganzen Welt würde sich die Stimmung gegen das Wettrüsten wenden. Leider würde das Wissen um außerirdisches Leben aber auch Angst und Unruhe wecken. Doch die CIA-Führung hielt die Vorteile für größer als die Nachteile. McKelly war derselben Meinung.

Die Tatsache, dass die Wirtschaft der USA am Rand des Abgrunds stand, machte nun einmal außergewöhnliche Maßnahmen erforderlich, und Operation Solaris war eine solche.

Die CIA hatte die Unit 6 beauftragt, Solaris in die Tat umzusetzen, weil nur wenige ausgewählte Experten und Weltraumforscher wie John Hudson und Hans Meyer die Einheit überhaupt kannten. Und nicht einmal diese Leute wussten, dass Unit 6 nicht nur UFO-Beobachtungen prüfte, sondern auch selbst welche herbeiführte und produzierte, zum Beispiel dann, wenn zu viele Menschen den Testflug eines geheimen Flugzeugprototyps mitbekommen hatten.

McKelly blickte auf die Iriserkennung und das elektronische Schloss an der Tür zur Lagerhalle öffnete sich surrend. Er betrat ein hohes Gewölbe, das an ein Museum erinnerte. Hier wurden Objekte aus der Geschichte der Einheit aufbewahrt, und ihr Anblick beruhigte McKelly. Warum sollte nicht gelingen, was schon einmal gelungen war?

Vor einer Kiste mit sorgfältig sortiertem Metallschrott blieb er stehen. Das erste Täuschungsmanöver der Unit 6 wurde 1947 in Roswell in New Mexico realisiert. Man hatte versucht, den Absturz eines Fluggeräts, das bis in die Atmosphäre aufsteigen sollte, um die Atomversuche der Sowjetunion zu analysieren, zu verheimlichen, indem man es als abgestürztes UFO tarnte.

Eines der erfolgreichsten und wichtigsten Täuschungsmanöver fand 1954 statt, als das supergeheime, von Lockheed gebaute Aufklärungsflugzeug U2 getestet wurde und die unvermeidlichen Augenzeugenberichte als »UFO-Beobachtungen« ausgegeben wurden. Ähnlich große Herausforderungen hatte der Einheit das Anfang der Neunzigerjahre angelaufene Shiva-Star-Projekt beschert, bei dem ein Plasma-Geschoss aus ionisiertem Gas entwickelt wurde. Bei den Versuchen bildeten sich verschiedene Lichtphänomene, über die mehrere Bürger eifrig berichteten. Unit 6 versorgte daraufhin die Medien auf Umwegen mit Informationen, die eine kleine UFO-Hysterie auslösten. Dadurch wurden die Augenzeugenberichte von vielen nicht mehr sonderlich ernst genommen, weshalb die Operation geglückt war.

McKelly ging weiter zu einem Gegenstand, der die Größe eines Pkw hatte. Er erinnerte etwas an einen Käfer und war noch immer teilweise von getrocknetem Schlamm und Urwaldpflanzen überzogen. Man hatte das Ding in der Werkstatt der Unit 6 gebaut, nach dem Vorbild einer Steinritzung in einem Maya-Tempel, dann war es in den Urwald von Guatemala transportiert worden, wo man dafür gesorgt hatte, dass ein dort tätiges Archäologenteam unter der Leitung von Professor Campbell-Hewitt das Ding kurz zu Gesicht bekam, als es mit dem Helikopter wieder abgeholt wurde.

McKelly wusste aus Erfahrung, wie effektiv die menschliche Fantasie arbeitete, wenn man sie nur richtig fütterte.

Auf einem Tisch lag eine Gipsform, die man für einen Nebenstrang der Operation verwendet hatte: Mit ihrer Hilfe war die Kopie des samischen Kultstabs angefertigt worden.

McKelly sah auf die Uhr und kehrte in den Kontrollraum zurück, wo ihm Koch hoffentlich bald eine positive Meldung machen würde.

Gerade liefen die Nachrichtensendungen der großen Medienanstalten auf den Bildschirmen. Überall kam die Neuigkeit Nummer eins und überall war Doktor Hans Meyer vertreten. Es war gut, ihn im Rahmen der Operation Solaris als Herold für die Sensation ausgewählt zu haben, weil er ein Mann war, dessen Theorien durch den Verlauf der Ereignisse gestützt wurden. Man konnte davon ausgehen, dass er der ganzen Welt seine Ansichten verkünden würde – so wie es nun auch geschah.

Nachdem man sich für Meyer als Gallionsfigur entschieden hatte, wählte man Finnland als Bühne für die Operation Solaris aus, weil das Land als neutral und stabil galt und weltweit ernst genommen wurde. Von dort aus wurde nicht jeder beliebige Unterhaltungsschrott in die Welt hinausgeschickt, sondern nur Nachrichten mit Hand und Fuß. Außerdem lag es geografisch günstig auf einer Linie mit Guatemala, das wegen der Maya-Vergangenheit den Fixpunkt bildete. Indien und Australien waren als unterstützende Punkte hinzugekommen, weil sie wiederum mit Finnland und Guatemala auf einer Linie lagen.

43

Die Rotoren des Augusta Bell 412 waren wieder gestartet worden und wirbelten den Schnee auf der Startbahn des Flughafens Kittilä auf. Das Gulfstream-Geschäftsflugzeug stand immer noch auf derselben Stelle, die Tür war geschlossen und in den Fenstern sah man kein Gesicht mehr.

Kommissar Vähäsarja lief mit flatterndem Mantel zum Hubschrauber. Hinter ihm her keuchte Hakala, der Chef der Polizei Lapplands, beide Männer waren ernst. Sie hatten sich auf der Karte angeschaut, wo das Haus lag, von dem der Notruf gekommen war.

Gleichzeitig startete auf dem Flughafenparkplatz ein dunkelblauer VW-Transporter, in dem sechs Männer und Frauen der Sicherheitspolizei und der Zentralkripo saßen, angeführt von dem Ermittler Manninen. Die verschiedenen Polizeibehörden des Landes bündelten von nun an ihre Kräfte.

Die Lage war so außergewöhnlich und prekär geworden, dass man den Polizisten befohlen hatte, sich zu bewaffnen und kugelsichere Westen anzulegen.

»Hat sich angehört, als wäre eine Tür zugefallen«, flüsterte Rose, der auf der Treppe voranging.

Sie erreichten das Kaminzimmer im Untergeschoss, wo zum Glück etwas Licht von außen hereinfiel. Koch ging rasch um den mitten im Raum stehenden offenen Kamin aus Topfstein herum und blickte durch die Glastür in den Saunabereich.

»EMP-Generatoren kann man auch im Internet kaufen«, flüsterte Rose. »Wir können ihn den Jungs als Spielzeug überlassen und zum Flughafen zurückfahren. Falls die Maschine nach all dem Tohuwabohu noch starten darf …«

Koch schien darüber ernsthaft nachzudenken, kniff aber dann die Lippen zusammen. Die mit riesigem Aufwand geleistete Vorarbeit durfte nicht wegen einem Bengel im Sand verlaufen. Ganz zu schweigen davon, dass eine Enthüllung ein kolossaler Prestigeverlust für die Vereinigten Staaten bedeuten würde.

Die ganze Situation machte Koch wütend. Er hatte unter der Ägide von McKelly mit seinen Kollegen bei der Unit 6 genau das getan, worum man ihn gebeten hatte: einen konkreten Beweis für Leben außerhalb der Erde inszeniert. Sie hatten drei »Sonden« hergestellt und dabei eine besondere Legierung verwendet, die sie unter anderem mit Mineralstaub aus Meteoriten vermischt hatten. In den steinförmigen Geräten steckte eine akkubetriebene Lampe, die per Sensor auf bestimmte Geräusche und Bewegungen reagierte. Über ihren Landsmann John Hudson, der in einer Versuchsstation in Lappland arbeitete, hatten Koch und Rose dann Doktor Meyer den Hinweis auf einen interessanten und merkwürdigen, in einen Stab eingelassenen ovalen Stein zugespielt. Gleichzeitig hatte man Meyer wissen lassen, dass Unit 6 an dem Gegenstand interessiert sei.

Kochs Ziel war es gewesen, Meyer dazu zu bringen, eine Probe des Gegenstandes in einem unabhängigen Labor analysieren zu lassen, aber dann hatte der finnische Junge das ungewollt an Meyers Stelle erledigt, und zwar äußerst glaubwürdig. Gut so. Sie hatten dann ihrerseits dafür gesorgt, dass CNN nach Lappland kam, ohne dass der betreffende Redakteur wusste, welchen »Fund« er dort machen würde. Wie erwartet war es Koch gelungen, mit Meyers Hilfe ein gewaltiges Medienecho zu erzeugen. Und Meyer glaubte – ganz zu Recht –, die Amerikaner versuchten nun, den Stab an sich zu bringen, um alles zu vertuschen. Angeblich mussten die Amerikaner zu massiven Maßnahmen greifen, weil der EMP-Impuls bewies, dass die »Sonde« aktiviert worden war und möglicherweise Botschaften aussandte, die sich am Ende als Bedrohung für die gesamte Menschheit herausstellen konnten …

Kaum war die Aufregung entstanden, brachte Koch den Stab an sich, denn die »Sonde« hätte einer näheren Untersuchung nicht standgehalten. Gleichzeitig hatte man sich die »Sonden« in Indien und Australien wieder geschnappt. In den Augen von Meyer und den Medien versuchten die USA wieder einmal etwas zu vertuschen – was nur für noch mehr Glaubwürdigkeit sorgte. Offiziell nahmen die USA die »Sonden« im Interesse der Sicherheit aller in ihre Obhut und beabsichtigten in der Angelegenheit mit der UNO zu kooperieren.

Aber jetzt war alles schiefgelaufen. Wenn der Generator in die Hände der finnischen Behörden geriet, erfuhren alle, wer den EMP-Impuls erzeugt und damit die Geräte lahmgelegt hatte.

In dem Moment hörte man im Saunabereich einen gewaltigen Lärm, als wäre ein Holzstoß umgefallen. Koch und Rose stürzten mit Taschenlampen und gezogenen Waffen in den Umkleideraum. Koch riss die einzige geschlossene Tür auf und leuchtete in den Raum dahinter.

Die Luft war voller Staub, den die zu Boden gefallenen Holzscheite aufgewirbelt hatten. Im Hintergrund konnte man eine offene Tür erkennen, durch die beißend kalte Luft eindrang. Rose stürzte mit gezogener Waffe zur Tür und lauschte ins Freie. Man hörte schnelle Schritte im Schnee und jemand sagte etwas auf Finnisch.

»Sie sind hinter dem Haus«, sagte Rose zu Koch und rannte nach draußen.

Koch nahm Funkverbindung zur anderen Gruppe auf und kommandierte sie unverzüglich zu dem Parkplatz, auf dem der Sierra stand. Sie mussten den Flüchtenden den Weg abschneiden. Ohne Fahrzeug hätten sie keine Chance.

Aaro stand regungslos in der Wäschekammer. Der Lärm und die aufgeregten Stimmen der Amerikaner drangen bis zu ihm durch. Voller Entsetzen fragte er sich, was das laute Krachen und Poltern zu bedeuten hatte.

Plötzlich war es still, nur das Blut rauschte, vom Herzschlag getaktet, in Aaros Ohren. Vorsichtig öffnete er die Tür und schob den Kopf durch den Spalt.

Er hörte noch immer nichts. Behutsam setzte er auf dem Fliesenboden einen Fuß vor den anderen. Seine Augen hatten sich inzwischen an die Dunkelheit gewöhnt. Im Untergeschoss des Hauses war eindeutig niemand mehr.

Wo war Niko? Hatten ihn die Amerikaner erwischt?

Aaro schlich zum Saunabereich. Irgendwo drang kalte Luft ein. Im Raum mit dem Whirlpool war es kühl, und gleich darauf stellte Aaro fest, dass die Kälte aus dem Raum mit dem Brennholzvorrat kam. Nun konnte man auch einen Lichtschein erkennen. Er kam durch die offene Tür, die draußen im Schnee feststeckte und darum nicht zugefallen war.

Hatten die Männer Niko mitgenommen? Die Angst schnürte Aaro die Luft ab.

Niko umklammerte mit der einen Hand den Lappendolch und mit der anderen das Beil und versuchte klar zu denken. Keuchend rannte er hinter das obere Haus, weil er darauf spekulierte, dass die Verfolger ihn auf dem Parkplatz suchten.

Als er jedoch hinter dem Nebengebäude des oberen Hauses wieder herauskam, blendete ihn ein helles Licht; vor ihm standen zwei kurzhaarige Männer in Overalls. Der eine hielt eine große Taschenlampe in der einen Hand und in der anderen eine Waffe, die an eine Maschinenpistole erinnerte. Beide waren auf Niko gerichtet, der sogleich merkte, wie seine Knie weich wurden.

»Lass die Waffen fallen und komm mit!«, sagte der Mann mit der Taschenlampe in breitem amerikanischem Englisch.

Niko begriff, dass er keine Chance hatte, und ließ Messer und Beil fallen. Er ging vor den Männern her nach unten, und bald schlossen sich zwei weitere Männer an, die aus dem vierten Haus kamen. Auch sie waren bewaffnet.

Alles ging schnell und effektiv. Die Männer führten Niko zur Hintertür des Ferienhauses, in dem er mit Aaro gewesen war. Hatten sie seinen Freund auch erwischt? Wahrscheinlich ja.

44

»Es ist nur einer, der andere ist wohl noch drin«, sagte Koch und steckte den Kopf zur Tür des Holzlagerraums hinein. »Wir haben deinen Freund! Komm raus, wenn du willst, dass er am Leben bleibt!«

Von drinnen antwortete nur Stille.

Koch fluchte vor sich hin, weil der andere Finne mit dem EMP-Generator entkommen war und weil man nun das Geräusch eines näher kommenden Hubschraubers hörte.

Er befahl seinen Untergebenen, den Honda rückwärts vor das Haus zu fahren. Rose klapperte noch einmal sämtliche Räume im Haus ab, kam aber mit leeren Händen zurück.

Koch kommandierte einen Mitarbeiter dazu ab, im Honda auf den Finnen aufzupassen, den sie geschnappt hatten.

Der Copilot richtete den Blick erneut auf den Sucher der FLIR SeaStar-Wärmekamera und bat den Piloten, kurz auf der Stelle zu bleiben. Hinter ihnen versuchten der Polizeichef und der Kommissar etwas in der Dunkelheit unten zu erkennen.

»Das ist die einzige Stelle, die wenigstens einigermaßen vielversprechend aussieht«, sagte der Pilot und schaltete den eine Million Candela starken Scheinwerfer ein. Er strahlte einen Parkplatz an, auf dem zwei Autos standen.

»Gehen wir runter«, befahl Polizeichef Hakala, und der Helikopter setzte langsam zur Landung an. Hakala hatte noch immer nicht herausbekommen, was die Männer, die da zum Parkplatz eilten, eigentlich vorhatten.

Aus dem kleinen Waldstück zwischen dem dritten und vierten Blockhaus heraus verfolgte Aaro das Geschehen. Wie der Blitz war er aus dem Haus geschossen, weil er vermutete, dass die Männer bald zurückkommen würden, um ihn zu suchen. Im Schein des Helikopterlichts, das gerade angegangen war, sah er nun, wie die Männer in den Overalls Niko den Hang hinunterstießen und schließlich in den Honda beförderten.

Rose stand mit der Pistole in der Hand mitten auf dem Parkplatz und brüllte über den Helikopterlärm hinweg: »Komm raus oder du siehst deinen Freund nie wieder!«

Aaros Gehirn arbeitete auf Hochtouren: Würde er sich ergeben, würde er sein einziges Beweisstück verlieren: das EMP-Gerät. Und auch in diesem Fall hatte er keine Garantie dafür, dass er und Niko mit dem Leben davonkamen. Diese Männer waren zu allem bereit.

Nun stiegen auch die übrigen Männer in den Honda, und der Hubschrauber war nur noch wenige hundert Meter entfernt. Aaro begriff allmählich den Ernst der Lage: Er konnte Niko nicht mit den Männern davonfahren lassen, denn er wollte unter keinen Umständen das Schicksal seines Freundes besiegeln.

Plötzlich fiel sein Blick auf die Plastiktüte und im nächsten Moment riss er das EMP-Gerät heraus. Der Honda war bereits angefahren. Aaro betätigte den Schalter und die Signallampen des Geräts leuchteten auf. Das Auto fuhr mit zunehmender Geschwindigkeit auf die nach unten führende Straße zu.

Aaro drückte den roten PULSE-Knopf. Ein leises Summen ertönte und zwei rote Lämpchen fingen an zu blinken.

Der Honda blieb mitten auf der Straße stehen und seine Lichter gingen aus.

Aaro wurde von einem Triumphgefühl erfüllt, das aber sogleich von blankem Horror niedergewalzt wurde: Das Helikoptergeräusch hatte in dem Moment ausgesetzt, in dem das Auto stehen geblieben war.

Innerhalb einer Sekunde hatte Aaro begriffen, dass er mit dem EMP-Impuls die Motoren beider Beförderungsmittel lahmgelegt hatte.

45

Im Helikopter schien die Zeit stehen zu bleiben. Der Polizeichef spürte, wie sein Herz einen Schlag aussetzte. Die Insassen hörten nur noch das Sirren der Rotorblätter über sich.

»Notlandung mit Autorotation«, sagte der Pilot schnell.

»Notlandung mit Autorotation«, wiederholte der Copilot im gleichen Atemzug.

Die anderen schwiegen. Sie hatten keine Ahnung, wovon die beiden Flieger sprachen.

Der Pilot bewegte den Steuerknüppel nach unten und trat gleichzeitig im pumpenden Rhythmus auf die Pedale für die Seitenleitwerke. Der Anstellwinkel des Rotors wurde auf null gestellt, der Freilauf aktiviert, und von da an drehte sich der Rotor frei. Alle Hubschrauberpiloten übten regelmäßig die Autorotation, aber die wenigsten waren gezwungen, sie im Ernstfall durchzuführen.

Mit beängstigend hoher Geschwindigkeit näherte sich der Hubschrauber der Erde. Der Pilot steuerte mit dem Kollektivhebel einen Parkplatz an. Das Geräusch der Leitwerkpedale erfüllte das Cockpit.

»Zum Glück haben wir Gegenwind«, sagte der Copilot

in dem Moment, in dem der Pilot den Steuerhebel hochzog, um die Landung abzufedern.

»Die Höhe reicht nicht«, rief der Pilot, als sich der Helikopter bereits dicht über einem lichten Fichtenwald neben der Straße befand.

Koch stürzte aus dem Honda. Sein Gesicht war verzerrt vor Wut, aber er wusste, dass der Junge und der EMP-Generator ganz in der Nähe sein mussten.

Er blickte auf den Helikopter, dessen Motoren und Scheinwerfer ausgegangen waren. Per Autorotation steuerte er den Parkplatz an, würde es aber vielleicht nicht bis dahin schaffen. Für Koch war das allerdings noch das geringste Problem.

»Der kleine Bengel muss irgendwo hier in der Nähe sein«, rief er Rose grimmig zu, der keuchend ausstieg. Für das Selbstwertgefühl von Rose war es ein schwerer Schlag, ständig von so einem finnischen Pfadfinder aufgehalten zu werden. Wenn Rose ihn erwischte, würde das Kerlchen seine Cleverness schwer bereuen.

Beim Aussteigen verriegelte Rose mit einem Druck auf den Knopf am Wagenschlüssel das Auto – jedenfalls glaubte er das. In Wirklichkeit drückte der Daumen im dicken Handschuh aus Versehen den Knopf zum Öffnen. Und das blieb Niko, der im Kofferraum des Honda kauerte, nicht verborgen.

Er wartete ab, bis die beiden Männer in der Dunkelheit verschwunden waren, dann öffnete er die Hecktür. Er sprang hinaus und blickte instinktiv nach oben; der Helikopter näherte sich in hohem Tempo dem Parkplatz, wobei seine Rotorblätter rauschende, klatschende Geräusche erzeugten.

Die Amerikaner waren irgendwo zwischen den Ferienhäusern verschwunden, der Schnee war voller kreuz und quer verlaufender Spuren. Der Hubschrauber kam immer näher. Niko kombinierte schnell, dass der Pilot versuchte, auf dem Parkplatz zu landen, dann rannte er selbst in das nahe Wäldchen und suchte sich dort ein möglichst gutes Versteck.

Entsetzt verfolgte Aaro von der Raststelle aus den Sinkflug des Hubschraubers. Etwa zehn Meter über dem Boden hörte der Rotor auf, sich zu drehen, und das Fluggerät krachte auf das Dach des Honda, von wo es seitlich in den Schnee kippte.

Plötzlich richtete sich Aaros Aufmerksamkeit auf vier brennende Taschenlampen, die sich auf dem Parkplatz bewegten. Die Leute, die sie in den Händen hielten, gingen eindeutig in einer Kettenformation voran und kamen auf die Raststelle am Hang – und damit auf ihn zu.

Es hatte genug geschneit, dass man auf dem Hang seine Fußspuren deutlich erkennen konnte, während unten in der Nähe des Parkplatzes alle Spuren zertrampelt waren. Er hatte also ungefähr eine Sekunde Zeit zur Flucht.

Vom notgelandeten Hubschrauber her hörte man einen Schrei; Aaro konnte noch sehen, dass sich vier Menschen aus dem Inneren der Maschine befreit hatten. Plötzlich sah er noch mehr Lichter, aber er hatte jetzt keine Zeit, herauszufinden, zu wem sie gehörten.

Er schob das Rentierfell vor dem Eingang des Unterstandes an der Raststelle zur Seite und spähte ins Dunkel, verwarf aber sofort den Gedanken, sich dort zu verstecken. An solchen Orten würden die Männer als Erstes suchen. Er schaute den Hang hinauf: Von oben näherten sich zwei Männer, die eindeutig amerikanisches Englisch sprachen.

Aaro versuchte die Situation schnell einzuschätzen. Die Männer unten schienen weiter weg zu sein als die beiden am Hang. Auf der Straße, die zum Feriendorf hinaufführte, sah man die Lichter von zwei Autos. Irgendwo in der Ferne heulte die Sirene eines Einsatzfahrzeugs. Die Männer, die aus dem Hubschrauberwrack geklettert waren, winkten den herankommenden Autos.

Neben dem fünften Blockhaus stand ein etwas dichteres Kiefernwäldchen mit bis zu zehn Meter hohen Bäumen. Dorthin rannte Aaro und suchte sich die dickste Kiefer heraus. Dann nahm er die Tragegriffe der Plastiktüte mit dem EMP-Generator zwischen die Zähne und kletterte so schnell er konnte den Baum hinauf.

46

Außer Atem blieb Robert Koch vor dem mit Schindeln gedeckten Unterstand stehen und leuchtete mit seiner Maglite ins Innere: Auf grob behauenen Holzbalken lagen Rentier- und Lammfelle, die rußige Feuerstelle roch nach Kaminanzünder und auf dem gusseisernen Gestell darüber war eine halbe Wurst vergessen worden.

»Hier ist er nicht«, sagte Koch zu Rose, der mit der Taschenlampe rasch die nähere Umgebung durchkämmte. Die Ferienhäuser Nummer sechs und sieben boten mit ihren Nebengebäuden sehr gute Verstecke, falls der Junge clever genug war, hineinzukommen. Und allmählich hatte Koch das Gefühl, dass das Bürschchen leider sogar mit ein bisschen zu viel Cleverness ausgestattet war.

»Jetzt funktioniert alles wieder«, sagte Rose und zeigte Koch das Funkgerät.

Koch blickte zum Parkplatz hinunter und auf die Straße, die dahinter zu den Ferienhäusern führte. Unter den Laternen konnte man zwei weitere Zivilfahrzeuge sehen, und in der Ferne heulte die Sirene eines Polizeiautos. Sie mussten jetzt extrem schnell handeln. Wegen der finnischen Polizei machte sich Koch nicht so viele Sorgen, aber der Gedanke an die Berichterstattung des amerikanischen Senders CNN jagte ihm einen kalten Schauer über den Rücken.

»Dann arbeiten wir ab jetzt wieder mit den Funkgeräten«, sagte Koch, »aber wir benutzen Codewörter.«

Zitternd und mit brennenden Muskeln schaffte es Aaro in der Kiefer auf einen stabilen Ast. Er hielt sich mit beiden Händen fest und umklammerte krampfartig das Holz mit den Beinen. Die Plastiktüte hatte er zwischen Bauch und Kiefernstamm eingeklemmt, hielt aber noch immer die Tragegriffe mit den Zähnen fest. Schon nach wenigen Minuten auf dem Baum meldete sich das Gefühl, dass er bald mit den Kräften am Ende wäre. Wieder einmal fasste er den Entschluss, regelmäßig ins Fitnessstudio zu gehen, falls er das hier überstehen würde. Es war erst das sechste Mal in diesem Jahr, dass er diese Entscheidung traf.

Er musste sich jetzt nicht nur auf dem Baum halten, sondern auch verhindern, dass Rindenstücke oder Zweige hinabfielen. Die zwei Amerikaner hatten inzwischen die Raststelle mit dem Unterstand abgesucht und sprachen gedämpft miteinander. Ihre Funkgeräte knisterten.

Aaro spürte, wie seine Kräfte unweigerlich nachließen. Die zwei Männer, die im staubenden Schnee den Hang heruntergekommen waren, erreichten ebenfalls die Raststelle. Die vier Männer besprachen sich, dann teilten sie sich wieder auf und gingen paarweise zu Ferienhaus fünf und sechs. Es sah aus, als würden sie sich überhaupt nicht für das interessieren, was unten auf dem Parkplatz vor sich ging. Dort waren inzwischen drei Zivilfahrzeuge und ein Streifenwagen der Polizei eingetroffen, dessen Blaulicht geisterhafte Muster auf die Bäume am Waldrand zeichnete.

Aaro versuchte, seine Haltung etwas zu verändern, um die Schmerzen zu lindern. Das Gerät in der Plastiktüte schien unfassbar schwer zu sein. Er spielte bereits mit dem Gedanken, die Tüte in den Schnee fallen zu lassen, aber dann konnte es sein, dass sie von den Männern entdeckt wurde. Es gelang ihm, das Gerät vorsichtig in eine etwas bessere Position zu bekommen und sich selbst mit dem Knie an einem Ast abzustützen.

Unter ihm rauschte ein Funkgerät, weil sich ein Amerikaner, der aus Ferienhaus fünf gekommen war, mit der Taschenlampe auf den Weg zum Parkplatz und der dort versammelten Menschenmenge machte, als wäre nichts vorgefallen.

Aaro wagte es noch immer nicht, vom Baum zu klettern, denn die anderen Amerikaner konnten jeden Moment wieder zum Vorschein kommen. Irgendwie müsste er Niko eine Nachricht schicken, aber wie sollte das ohne Handy gehen?

Dann fiel ihm der Lockruf des Raufußkauzes ein, den er Niko vor ungefähr drei Jahren beigebracht hatte, als er gerade seine ornithologische Phase gehabt hatte.

Vorsichtig schlich Niko durch das Wäldchen, das sich links von den Ferienhäusern den Hang hinaufzog. Als er einen der Amerikaner hinter einem der Häuser hervorkommen und zum Parkplatz hinuntereilen sah, warf er sich in den Schnee.

Dann hörte er einen durchdringenden Ton. Es klang wie der Balzruf einer Eule in irgendeinem alten Walt-Disney-Zeichentrickfilm. Gab es in Lappland Eulen oder Käuze? Niko lag auf dem Bauch im Schnee und lauschte.

Der Ruf ertönte ein zweites Mal, er kam aus dem Wald weiter oben. Geduckt ging Niko weiter in die Richtung. Dabei stieß er einen ähnlichen Ruf aus. Aaros Interesse für Vögel hatte nur ein halbes Jahr angehalten, so wie es meistens bei seinen Hobbys der Fall war, aber in der Zeit hatte er sich einen Spaß daraus gemacht, die Stimmen von zig Vogelarten zu lernen, vom Uhu bis zum Wachtelkönig. Niko interessierte sich kein bisschen für diese Art von Geflügel, aber irgendwie hatte es Aaro trotzdem geschafft, ihm ein paar Eulenrufe aufzuzwingen.

Aaro beantwortete den Kauzruf von oben. Niko richtete sich nun ganz auf, weil keine Amerikaner mehr in Sicht waren. Stattdessen schien unten auf dem Parkplatz der Teufel los zu sein.

Plötzlich hörte Niko über sich ein Kratzen, dann ein Krachen und die Geräusche brechender Äste, und einen Moment später plumpste Aaro vor ihm in den Schnee, dass es nur so staubte. Er hielt noch immer die Plastiktüte zwischen den Zähnen. Beim Sturz war ein Ärmel aufgerissen und er blutete am Ellenbogen.

»Hat's wehgetan?«, fragte Niko verdattert. Aber dann musste er auch schon ein bisschen lachen, denn Aaro war eigentlich nie einer gewesen, der gerne Tarzan spielte.

Wie es aussah, musste er an seiner Landetechnik noch ein bisschen feilen. Aber Niko behielt den Gedanken für sich.

»Nur eine Schramme. Was ist da unten los?«, flüsterte Aaro und deutete auf den Parkplatz. Seine Bewegungen wirkten steif und sein Gesicht war seltsam gerötet.

»Bist du dir sicher, dass du dich nicht verletzt hast?«, hakte Niko nach.

»Das würde ich ja wohl merken«, zischte Aaro. »Lass uns zum Auto gehen.«

Plötzlich duckte sich Niko und zog auch Aaro nach unten. Am fünften Ferienhaus regte sich etwas – zwei Männer in Overalls sprachen dort miteinander. Sie deuteten immer wieder auf die nach oben führende Straße und machten sich dann eilends auf den Weg dorthin.

Aaro und Niko ließen den oberen Hang nicht aus den Augen, während sie sich zum Sierra begaben, der unterhalb des vierten Hauses stand. Von da aus konnte man den großen Parkplatz nicht sehen. Dort ging es inzwischen immer betriebsamer zu. Ein notlandender Hubschrauber, der auch noch umkippte, war ein extrem außergewöhnlicher Vorfall, und dann kamen ja noch weitere Absonderlichkeiten hinzu. Nun näherten sich ein Krankenwagen und zwei schwarze Limousinen dem Parkplatz. Ein Polizist in reflektierender Signalweste regelte mithilfe einer Taschenlampe den Verkehr. Mehrere Fahrzeuge standen mit laufendem Motor da, ihre Scheinwerfer schnitten Lichtkegel ins Dunkel.

47

»Sie müssen schneller fahren!«, schrie Doktor Meyer dem Beamten der Sicherheitspolizei ins Ohr, während dieser den Volvo auf der schmalen Straße zur Ferienhaussiedlung lenkte. Er machte sich gar nicht erst die Mühe, dem Deutschen zu antworten, der auf der ganzen Fahrt schon so einen Zirkus veranstaltet hatte, als drohe mindestens der Weltuntergang.

Das Polizeifunkgerät im Volvo knisterte, und gleich darauf hörte man aufgeregte Stimmen Finnisch reden. Meyer identifizierte das finnische Wort *helikopteri* und wandte sich wieder an den SiPo-Beamten, der Manninen hieß.

»Was ist da los?«, brüllte er so laut, dass Manninen instinktiv mit dem Kopf zurückwich. »Was für ein Helikopter? Drehen Sie bitte um! Es ist äußerst wichtig!«

Manninen seufzte. Er machte seinen Job seit zwanzig Jahren und war in dieser Zeit allen möglichen Leuten begegnet, aber dieser Wissenschaftler war eine Kategorie für sich. Warum hielt man den durchgeknallten Doktor in Helsinki für so wichtig, dass man ihn durch die Gegend kutschieren ließ und ihm erlaubte, die Polizeiarbeit zu erschweren?

»Ein Hubschrauber ist auf einem Parkplatz notgelandet«, erklärte Manninen. »Der Polizeichef und Vähäsarja waren an Bord. Es ist aber niemand zu Schaden gekommen. Der Helikopter ist auf das einzige Auto, das auf dem Parkplatz stand, geknallt.«

»Abgestürzt? Vielleicht war das auch der EMP ... Fahren Sie schneller!«

Der Beamte nahm den Fuß vom Gas. Der Doktor hatte überhaupt nicht darauf geachtet, wo sie waren, denn vor ihnen sah man bereits den Parkplatz der Ferienhaussiedlung und einen Polizisten, der den Verkehr regelte. Hinter dem Volvo war jetzt allerdings ein Golf-Kombi aufgetaucht, der hupte und das Fernlicht aufblendete. Hinter ihm sah man zwei weitere Autos, die es ebenso eilig zu haben schienen. Das werden doch hoffentlich keine Journalisten sein, dachte Manninen.

Aaro und Niko blickten sich um und rannten dann aus der Deckung eines Hauses zum Sierra. Die Amerikaner waren nirgendwo zu sehen, aber das war überhaupt keine Garantie dafür, dass sie die Gegend verlassen hatten. Die Männer waren schließlich Profis und würden nicht so schnell aufgeben. Aaro stellte die Plastiktüte mit dem Apparat in den Fußraum und blickte auf Niko, der bereits den Zündschlüssel drehte.

Die neue Batterie setzte den Anlasser geräuschvoll in Bewegung. In Aaros Ohren klang es mindestens doppelt so laut. Besorgt sah er sich nach allen Seiten um, aber es waren keine Amerikaner aufgetaucht.

»Er müsste eigentlich anspringen«, sagte Niko und versuchte es weiter. »Immerhin ist die Batterie neu und alles …«

Die nächsten zwanzig Sekunden kamen Aaro wie eine Ewigkeit vor. Der Anlasser leierte sein Lied, aber der Motor sprang nicht an.

»Es ist das Kabel«, murmelte Niko und gab es auf.

»Wir müssen verschwinden. Garantiert haben die Amis den Lärm gehört.«

Aaro machte die Tür auf, zog sie aber sofort wieder zu und schlug den Verriegelungsknopf nach unten, denn hinter einem der Nebengebäude war eine dunkle Gestalt aufgetaucht. Sie packte den Griff an der Beifahrertür und riss daran – aber vergebens.

Es war derselbe breitschultrige, blonde Amerikaner, der den Honda gefahren hatte. Er schlug mit der Faust gegen die Seitenscheibe und rief etwas, das Aaro nicht verstehen konnte. Jetzt tauchten noch zwei Amerikaner zwischen den Häusern auf und rannten los.

»Die werden mit Gewalt hier reinkommen«, sagte Aaro.

Niko legte den zweiten Gang ein, drehte kräftig den Zündschlüssel und brachte das Auto mithilfe des Anlassers dazu, einen Meter nach vorne zu springen. Einer der Amerikaner fing nun an, mit einem harten Gegenstand auf die Heckscheibe einzuschlagen. Aaro blickte nach hinten. Der Gegenstand war eine Pistole, und die Scheibe hatte bereits einen Sprung.

»Und niemand kann uns helfen«, sagte Aaro mit zittriger Stimme. »Wo ist die Polizei?«

Niko gelang es, das Auto so weit vorwärts zu befördern,

dass die Vorderräder auf die abwärts führende Straße kamen, die hundert Meter weiter unten auf die eigentliche Landstraße traf. Vor der Einmündung ging es rechts zum Parkplatz ab, auf dem inzwischen eine ganze Reihe Fahrzeuge stand. Das Areal badete im Licht der Scheinwerfer eines Polizeiautos. Dorthin mussten sie es schaffen!

Ein neuer Schlag traf die Heckscheibe, die im selben Moment zersplitterte.

»Die machen mein Auto kaputt!«, schrie Niko außer sich. Die Misshandlung des Sierra schien ihm mehr auszumachen als die Gefahr, in der er sich mit Aaro befand.

Aber der Sierra war nun ins Rollen gekommen und nahm immer mehr Fahrt auf. Die Amerikaner blieben zurück, einer von ihnen war auf der glatten Straße ausgerutscht und lag im Schnee. Er zog etwas aus seinem Overall und nahm im Liegen Schussposition ein.

»Kopf runter!«, rief Aaro. »Die schießen!«

Keine Sekunde später gab es einen Schlag am Kofferraum. Das Auto rollte weiter den Hang hinunter, der Motor hustete bereits verheißungsvoll und dann sprang er endlich an.

»Ich hab doch gesagt, dass er anspringt!«, rief Niko.

Da erzitterte der Sierra auf einmal und Niko verlor für einen Moment die Kontrolle über das Auto, das nun ins Schleudern geriet. Zwar konnte Niko es auf der Straße halten, aber sie gerieten auf die Gegenfahrbahn.

»Ein Reifen ist hin«, brummte Niko. Von unten kam ihnen ein Volvo entgegen, der bereits blinkte, weil er zum

Parkplatz abbiegen wollte. Zum Entsetzen der beiden Jungen verringerte sich der Abstand unfassbar schnell.

»Halt an!«, schrie Aaro.

»Ich trete schon die ganze Zeit auf die Bremse!«

Kaum hatte Niko das gesagt, krachte der Sierra dem Volvo in die Seite und dann standen beide Autos still.

Aaro hielt nach den Amerikanern Ausschau, aber der Volvo verdeckte die Sicht. Beide Insassen stiegen an der Fahrerseite aus, denn die Beifahrertür war von der Stoßstange des Sierra verkeilt.

Teils erleichtert, teils besorgt verließ Aaro mit der Plastiktüte in der Hand den Wagen. Der eine Mann aus dem Volvo war Manninen, der Beamte der Sicherheitspolizei, der andere war Doktor Meyer, der äußerst erregt wirkte und dessen Brillenmilchglas im Schein der Straßenbeleuchtung als heller Fleck glänzte.

»Wo ist der Stab?«, brüllte Meyer und war nahe daran, Aaro am Schlafittchen zu packen. Dann fiel sein Blick auf die Plastiktüte und er spähte hinein. Im Nu erfasste Enttäuschung seine hoffnungsvolle Miene, weil er den Stab nicht in der Tüte sah.

48

Während er heftig mit dem finnischen Polizisten diskutierte, blickte Koch zur Parkplatzzufahrt. Ein schwarzer Volvo, der nach einem Zivilfahrzeug der Polizei aussah, war mit dem Sierra zusammengeprallt. Kurz zuvor hatte Rose mit seiner schallgedämpften Pistole zweimal auf die Reifen geschossen.

Der finnische Polizist richtete seine Aufmerksamkeit ebenfalls kurz auf den Unfall, und Koch zog das Funkgerät aus der Tasche. Mit vollkommen normaler Stimme sprach er hinein: »Wir gehen auf Orange.«

Nach der vorab vereinbarten Kodierung bedeutete das Orange in Kochs Nachricht an seine Mitarbeiter, dass von nun an buchstäblich alle Mittel erlaubt waren, um die Operation einigermaßen anständig zu Ende zu bringen.

Aaro und Niko liefen auf den Parkplatz zu, der Beamte und der Doktor blieben ihnen auf den Fersen. In Aaros Kopf ging es drunter und drüber, trotzdem hatte er einen kühnen Plan gemacht. Weil sich aber inzwischen so viele Menschen eingefunden hatten, konnte er die Person, die er dafür brauchte, nirgendwo sehen. Allein würde er den

Plan nicht umsetzen können, er war davon ausgegangen, Hilfe zu finden.

Stattdessen sah er die drei Amerikaner, die sie verfolgt hatten, ganz ruhig auf den Parkplatz zugehen. Natürlich sah man jetzt keine Waffen mehr bei ihnen. Aaro suchte die Nähe der Polizisten. Nebenan schien Koch dem Polizeichef gerade aufgeregt etwas auseinanderzusetzen. Die Worte rauschten an Aaros Ohren vorbei, denn er konzentrierte sich darauf, Niko in seinen Plan einzuweihen.

Als er dem skeptischen Freund in wenigen Sätzen seine Absicht geschildert hatte, begriff er, dass die Nähe der Polizei ihnen keine Sicherheit garantierte. Die Amerikaner kamen unaufhaltsam näher, Rose an der Spitze, mit einem pseudofreundlichen Grinsen im Gesicht. Aaro versteckte die Tüte mit dem Apparat hinter seinem Rücken und lehnte sich fast gegen einen der uniformierten Polizisten, der gerade versuchte, sich zu Meyers wirrem Redefluss Notizen zu machen.

Rose stand nun unmittelbar vor Aaro und streckte die Hand aus.

»Hör zu, mein Junge, du hast ein Gerät, das uns gehört. Es ist unser Eigentum, stimmt's? Das kannst du nicht abstreiten ...«

Aaro erwiderte nichts. Er merkte, wie die Polizisten ringsum auf die Situation aufmerksam wurden. Was sollte er bloß tun?

»Das Gerät ist unser Eigentum«, wiederholte der Amerikaner, wobei der Grinsversuch komplett von seinem Gesicht verschwand. »Hab ich recht?«

»Es gehört Ihnen, das stimmt, aber ...«, fing Aaro an und merkte sogleich, dass er mit seiner Zustimmung einen Fehler gemacht hatte.

Koch war mit seiner Schilderung fertig und mischte sich nun ebenfalls ein. »Dann gebt endlich den Gegenstand zurück, den ihr gestohlen habt!«, sagte er und trat einen Schritt nach vorn.

Zu den Polizisten sagte er: »Wir werden kein großes Aufhebens machen und auch keine Anzeige erstatten. Aber diese jungen Leute hier haben ein Gerät in ihrem Besitz, das uns gehört. Ich hoffe, sie haben es nicht vorsätzlich gestohlen! Wie auch immer. Wenn sie es uns zurückgeben, ist der Fall für uns erledigt.«

Der Polizeichef runzelte die Augenbrauen und nickte. Er sah Aaro und Niko so finster an wie Ladendiebe, wandte sich dann aber ab, weil sein Handy klingelte.

»Lassen Sie sich von den Reden der Amerikaner nicht täuschen!«, rief Meyer dazwischen.

Der Polizeichef schien die Einwürfe des Deutschen sattzuhaben. Er konzentrierte sich auf das Telefonat. Für einen Moment hatte es einen Funken Hoffnung gegeben, aber jetzt begriff Aaro, dass er und Niko auf sich allein gestellt waren. Die Polizei glaubte den Amerikanern, darum galt es, schnell zu handeln.

Mit der Plastiktüte in der Hand huschte Aaro in die Menschenmenge, wo eifrig Fotos von den Polizisten und dem umgestürzten Hubschrauber gemacht wurden. Einige Uniformierte zogen gerade blau-weißes Absperrband um den Parkplatz. Die Amerikaner folgten Aaro, der immer schneller in Richtung Landstraße lief.

»Wo willst du hin?«, keuchte Niko hinter ihm.

Aaro war so außer Atem, dass er nicht antworten konnte. Auf einmal riss ein Henkel der Plastiktüte und der Apparat wäre um ein Haar herausgefallen. Niko konnte die Tüte gerade noch auffangen. Aber da hatten sie die Amerikaner auch schon eingeholt.

Der Polizeichef telefonierte immer noch und verfolgte dabei verdutzt die Wendung der Ereignisse. Ein Teil der Polizisten erklärte den Zuschauern etwas, ein anderer Teil zog die Absperrbänder, und der Beamte der Sicherheitspolizei telefonierte ebenfalls mit dem Handy.

Plötzlich wäre Niko fast auf der Nase gelandet, weil Rose ihn eingeholt hatte und ihm in den Rücken trat. Niko strauchelte, machte ein paar Schritte zur Seite, behielt aber auf der glatten Straße das Gleichgewicht.

Endlich folgten ihnen zwei der finnischen Polizisten, vermutlich weil sie den Tritt von Rose gesehen hatten. Niko rannte wieder los, die Polizisten riefen »Halt«, aber das schien die Amerikaner in keiner Weise zu beeindrucken.

Sie erreichten jetzt die Parkplatzzufahrt, die von einem großen Lieferwagen blockiert wurde. Auf dessen Beifahrerseite brannte das rote Lämpchen einer Videokamera.

»Stehen bleiben!«, rief einer der finnischen Polizisten.

Aaro blickte über die Schulter zurück und prallte dabei gegen Niko, der nun tatsächlich in den Schnee fiel. Aaro nahm ihm die Tüte mit dem Apparat aus der Hand, rannte zu dem Lieferwagen und schlug mit dem EMP-Generator gegen die Kühlerhaube.

»Ihr müsst das filmen! Sofort!«, rief Aaro dem Redakteur von CNN zu, der mit seinem Kameramann aus dem Wagen gesprungen war. Das rote Lämpchen der Kamera brannte noch immer.

»Dieses Gerät ist der Beweis dafür, dass die Amerikaner die ganze Weltraumgeschichte selbst erfunden haben«, sagte Aaro so sorgfältig auf Englisch, wie er es in der Situation fertigbrachte. »*Break the news!*«

Die Ankunft des Lieferwagens und das Auftauchen der Kamera hatten die ganze Szene für einen Moment erstarren lassen. Dann kamen Koch und Meyer angerannt, und Koch befahl Rose, den älteren der beiden finnischen Jungen, der auf dem Boden lag, loszulassen. Drei finnische Polizisten, die ebenfalls hinzukamen, schienen auf Anweisungen vom Polizeichef oder von Vähäsarja zu warten.

»Lasst den Jungen ungehindert reden!«, brüllte Meyer in Richtung Kameramann, auf dessen Arbeitsgerät in großen Buchstaben CNN NEWS stand.

49

Inzwischen hatte Koch seine Entscheidung getroffen, und in den Händen der Amerikaner tauchten Pistolen mit kurzen Läufen auf. Koch richtete seine Waffe auf den finnischen Jungen. Was sollte er nur tun? Die Anweisung lautete, die Operation mit allen Mitteln zu Ende zu führen. Einsatzlevel Orange. Aber der verfluchte Nachrichtensender brachte alles durcheinander. Womöglich sendeten sie in diesem Moment sogar live.

Kochs Überlegungen brachen allerdings schlagartig ab, weil ihn eine Schneeschaufel aus Aluminium am Hinterkopf traf.

Niko war sich sicher gewesen, dass der Amerikaner skrupellos auf Aaro schießen würde, und die Schneeschaufel, die an dem Parkplatzschild lehnte, war gerade in Reichweite gewesen.

»Kapiert ihr nicht, was hier vorgeht?«, rief er dem Polizeichef zu, der langsam näher gekommen war. »Die Amis hier sind bewaffnet!«

Der benommen auf dem Boden liegende Mann widersprach nicht, sondern hielt fest seine Pistole umklammert.

Der CNN-Redakteur hatte seinen Laptop auf die Kühlerhaube gestellt und schrieb eilig etwas, ohne sich daran zu stören, dass um ihn herum Waffen gezückt worden waren. Der Kameramann filmte weiter und ging dabei näher an die bewaffneten Amerikaner heran, die versuchten, ihn fortzuscheuchen, und dabei ihre Gesichter verdeckten.

Jetzt fassten auch die finnischen Polizisten Mut und zogen ihre Pistolen, was allerdings nicht die erwünschte Wirkung auf die Amerikaner hatte, die sich nun auf das CNN-Fahrzeug zubewegten, um dessen Motorhaube sich Aaro, Meyer, der Redakteur und der Kameramann scharten.

»So. Jetzt geht es in den Äther«, sagte der Redakteur.

Die Kamera richtete sich auf Aaro, der den EMP-Generator aus der Tüte genommen hatte. Schaulustige versammelten sich um das Fahrzeug und die Amerikaner wurden von ihnen zur Seite gedrängt.

Rose schoss als Erster in die Luft. Die Zuschauer warfen sich auf die Erde, und die finnischen Polizisten reagierten, indem sie ebenfalls zwei Warnschüsse abgaben. Jemand rief auf Englisch durch ein Megafon: »*Hier spricht die Polizei. Legen Sie die Waffen auf den Boden und heben Sie die Hände!*«

Als die Schüsse fielen, schnappte sich Aaro wieder das Gerät und ging hinter dem Lieferwagen in Deckung. Der Kameramann und der Redakteur folgten ihm. Im selben Moment sah Niko, wie die Amerikaner auf ein Zeichen ihres Chefs, der sich wieder aufgerappelt hatte, ihre Waffen fallen ließen. Mittlerweile waren sie von sieben finnischen Polizisten, die alle ihre Pistolen gezogen hatten, umringt.

Das rote Lämpchen der Kamera leuchtete wieder, und Aaro fing mit seiner Schilderung an.

Oberstleutnant McKelly schaute bestürzt auf den TV-Bildschirm an der Wand des Kontrollraums, auf dem CNN lief. Am unteren Bildrand stand *BREAKING NEWS.*

»… das heißt, die Amerikaner haben mithilfe dieses Apparats einen elektromagnetischen Impuls ausgelöst, der dann alle Fahrzeuge und elektrischen Geräte lahmgelegt hat«, sagte der finnische Junge und deutete auf den EMP-Generator.

McKelly schloss die Augen und seufzte tief. Die Katastrophe und Demütigung waren vollkommen. Die globale Öffentlichkeit, die sie gesucht hatten, wendete sich nun gegen sie.

»… weshalb wir auch diesmal keine Beweise dafür geliefert bekommen, dass außerhalb der Erde Leben existiert«, schloss Aaro in etwas altklugem Ton seine Rede.

In der Foyerbar des Hotels starrten Julius, Taina und Alan mit zig anderen Zuschauern auf den Fernseher.

Nach Aaro wurde der deutsche Doktor Meyer interviewt, der sich befremdet und empört über das Vorgehen der Amerikaner zeigte. Taina und Alan erzählten den Umstehenden stolz, dass Aaro Tainas Neffe war.

Julius hingegen wirkte mürrisch.

»Eigentlich bin ich auch aktiv an der Jagd nach dem Stab beteiligt gewesen«, versuchte er im Stimmengewirr der Menge zu sagen. »Können wir nicht schnell rüberfahren, damit man mich interviewen kann?«, fragte er seine Mutter, aber die war damit beschäftigt, anderen Leuten gegenüber die Cleverness ihres Neffen zu preisen.

50

Der meterhohe Schnee leuchtete im bläulichen nordischen Winterlicht. Aaro saß auf einer Bank vor dem Ferienhaus und beobachtete zwei Unglückshäher am Futterhäuschen.

Niko schob den Kopf unter der offenen Motorhaube des Sierra hervor, schwenkte den Spannungsmesser, den er in der Hand hielt, und sagte triumphierend: »Ja, es war das Kabel. Wieder mal. Aber jetzt ist es in Ordnung.«

Julius sah Niko erstaunt an. »Hier rennen Polizisten durch die Gegend, die CIA fuchtelt mit Waffen herum, und hinter jedem Baum springt ein Journalist hervor, und ihr Finnen repariert in aller Ruhe eure Autos. Ihr seid echt seltsam …«

»In der offiziellen Version dürfte die CIA gar nicht vertreten sein«, sagte Aaro. »Die sind in aller Stille verschwunden und vom Flughafen Kittilä abgeflogen. In der Pressemitteilung der Polizei wird man sie mit keinem Wort erwähnen.«

»Ich hätte nie geglaubt, dass mir das Innenministerium einen neuen Hinterreifen bezahlt«, sagte Niko.

»Seid froh, dass ihr nicht für den Hubschrauber bezahlen müsst. Ziemlich krasses Ding, dieser Stromstoppapparat«, meinte Julius und konnte diesmal einen leichten Unterton der Bewunderung nicht vermeiden. Allerdings musste er sogleich hinzufügen: »Ich weiß, dass unser britischer Geheimdienst auch so was verwendet.«

Aaro und Niko waren zur Vernehmung vorgeladen worden, die am Nachmittag im Hotel stattfinden sollte. Außer ihnen sollten noch Vertreter der Zentralkripo und der Sicherheitspolizei anwesend sein.

Ein Mietwagen mit dem Aufkleber von Hertz fuhr vor und ein junger Mann und eine Frau stiegen aus. Die Frau hatte eine Fototasche umhängen. Aaro gefiel das nicht, denn der Trubel ermüdete ihn langsam. Er hätte am liebsten ein bisschen Ruhe gehabt.

»Aaro Nortamo?«, rief der Mann schon von Weitem.

Gleich darauf fuhren zwei weitere Autos vor.

»Woher wissen die, wo wir wohnen?«, wunderte sich Aaro und machte sich auf den Weg ins Haus. »Sag ihnen, Mr Nortamo ist nicht zu Hause, und sag ihnen auch, sie sollen verschwinden«, forderte er Julius auf.

»Ich bin Hans-Jürgen Wegener von der *Bild*-Zeitung«, hörte Aaro den Ankömmling sagen. Er drehte sich um und sah, dass die Fotografin bereits die Kamera in der Hand hatte.

Eine Frau, die aus dem zweiten Wagen gestiegen war, kam im Laufschritt auf ihn zu: »Sarah Miller, *Daily Mail* … Wir wären daran interessiert, über die Rechte für ein Exklusivinterview zu verhandeln …«

»Sie kriegen von mir jetzt alle zusammen das Exklusivrecht, in Ihre Autos zu springen und Doktor Meyer zu interviewen. Der redet gern über das Thema«, hörte Aaro Niko auf Finnisch rufen.

»Vielleicht könnte ich einen kleinen Kommentar abgeben«, schlug Julius vor.

»Kannst du nicht«, gab Niko in einem Ton zurück, den man gut und gern als barsch bezeichnen konnte.

»Hei, ich bin Marko Olli von *Ilta-Sanomat*. Einer finnischen Zeitung wirst du doch bestimmt ein Interview geben«, rief eine männliche Stimme von hinten.

Kaum hatte es Aaro ins Haus geschafft, klingelte sein Handy. Er wusste, dass von der finnischen Polizei bei laufenden Ermittlungen immer mal wieder etwas an die Presse durchsickerte, trotzdem überraschte ihn der Journalistenauflauf vor dem Haus. Er schloss die Tür ab.

Taina zog gerade ihre Langlaufschuhe an und sah durchs Fenster nach draußen. »Was da Journalisten auf den Beinen sind! Willst du wirklich kein einziges Interview geben?«

»Ich werde lediglich mit der Zeitschrift *Sterne und Weltall* sprechen. Die können das gebrauchen, um ihre Auflage zu erhöhen. Die anderen können dann aus diesem Interview zitieren«, sagte Aaro und grinste.